对联写作技巧

陈平 —— 著

商务印书馆
The Commercial Press

图书在版编目（CIP）数据

对联写作技巧 / 陈平著. —北京：商务印书馆，2024
ISBN 978-7-100-23964-6

Ⅰ.①对… Ⅱ.①陈… Ⅲ.①对联—创作方法—中国 Ⅳ.① I207.6

中国国家版本馆 CIP 数据核字（2024）第 095552 号

权利保留，侵权必究。

对联写作技巧
陈 平 著

商 务 印 书 馆 出 版
（北京王府井大街36号 邮政编码100710）
商 务 印 书 馆 发 行
鸿博睿特（天津）印刷科技有限公司印刷
ISBN 978-7-100-23964-6

2024年10月第1版　　开本 850×1168　1/32
2024年10月第1次印刷　　印张 10¾

定价：48.00 元

序

  对联是各种文学形式中字数最少,却最富中国文学特色的文体。国学大师陈寅恪认为,对联不但可以考察一个人读书之多少和语言之贫富,还可考核学生的思想条理,最容易测验出一个人对中文的理解。

  对联萌芽于汉、晋,发展于宋、元、明,至清代达到鼎盛。它问世一千多年来,一代代中国文化人乐此不疲,创作不辍,撰写了无数流芳百世的名作!著名作家梁羽生不无惋惜地说道,"对联"这一世界上独有的文学形式,是我们老祖留下的传家宝,可惜几十年来,鲜为现代文学界所重视!著名学者、教育家程千帆在《关于对联》一文中说:"它(对联)本应该在文学史中占有一席之地,但不知为什么,却被我们的文学史家们一致同意将它开除了。这恐怕也是文艺界应当平反的错案之一。"

  中华优秀传统文化源远流长、博大精深,是中华文明的智慧结晶。近年来,我们国家高度重视优秀传统文化的传承与弘扬。没有中华文化的传承与发展,没有高度的文化自信，中华民族伟大复兴的目标就无法顺利实现。

对联是中华民族最优秀的传统文化之一。"楹联习俗"被列为第一批国家级非物质文化遗产名录。楹联习俗的传承与流播，对于弘扬民族文化具有重大意义。

我自幼喜爱古典文学，尤喜古诗联。因为古诗联，这辈子也结识了很多著名的学者和联家，认识了很多基层的楹联爱好者。1985年，即中国楹联学会成立的第二年，我出资举办"芸香杯"中秋征联活动，至今已举办了十八届。第八届征联活动结束后，编辑出版过《芸香楼八届中秋征联集锦》一书。蓝凤祥（时任《梅州日报》副总编辑）在"序"中写道："陈平先生爱好对联，他的征联出句除了与我商量一下之外，从来不请别人为之。"是的，我喜欢亲力亲为，甚至有点"专横独断"，不为其他，只是因为我想多参与，多学习。

2009年前后，我在家乡和一些联友发起成立梅州市楹联学会。后来受客天下旅游产业园委托，策划并承办被时任中国楹联学会会长孟繁锦称为中国联坛"奥林匹克"的"客天下杯"楹联大奖赛，连续举办了十多年。

梅州是著名的文化之乡，当初的对联评选工作主要靠的是成立于1984年的"嘉应诗社"，蓝凤祥、黄秉良、罗滨等先生，每年都担任评委，如今他们都已作古。后来因为对联，我有幸结识了张中行、吴小如、白化文、史树青、朱家溍、程毅中、谷向阳、常江、王翼奇等诗联名家，我与他们亦师亦友，从他们那里"揩到不少油"，我的诗联知识也因此而长进不少。我喜欢买书、读书、写书，手头收藏的诗联书籍甚丰，不敢说这些书全都烂熟于心，但至少都曾浏览过。2010年至今，我编著、点校出版了8部共13卷楹联文献，近千万言。

2021年，应商务印书馆之约，写了一本《对联写作入门》小书。我在"前言"中说："对联创作的书籍，明清以来，出版了许多许多。从'大砖头'到小册子，应有尽有！但就缺少一本通俗易懂的初级对联'入门'书。"此书出版后，好评如潮，入选国家新闻出版署《2022年农家书屋重点出版物推荐目录》。

该书出版后，我总觉得意犹未尽。对联容易学，但难写好。要想写好对联，还必须有一本通俗易懂的全面解读对联创作技巧的书。实际上，图书市场上谈对联创作的书并不少，但也许是因为作者对读者缺乏了解，要么写得一般人很难看懂，成了"阳春白雪"，要么不能准确讲清对联写作的要领、技巧，所以少有人问津。

对联这个咱们老祖宗留下的珍贵"家当"（张中行语），深受历代文人骚客钟爱。我与对联打了大半辈子交道，我知道喜爱对联的读者朋友急需要什么。为此，我决定将自己原出版的《楹联文化小识》《对联写作入门》中的部分内容，对联的入门知识、写作技巧，从前辈、联友那里"揩来的油"，以及自己的创作实践，重新整合在一起，写成《对联写作技巧》。

　　这本书，也算是我这辈子对楹联文化的总结。希望这本普及型的知识性读物能给学写对联的读者朋友提供一些实实在在的帮助。

目 录

第一章　对联概说 …………………………………… 1
　第一节　对联的特点 ……………………………… 1
　　一、什么是对联？ ……………………………… 1
　　二、对联的文体特征 …………………………… 2
　　三、对联的民族性和启蒙性 …………………… 3
　　四、对联的实用性和艺术性 …………………… 5
　第二节　对联的源流与发展 ……………………… 8
　　一、对联的源流 ………………………………… 8
　　二、楹联的得名之由 …………………………… 17
　第三节　对联的发展 ……………………………… 18
　　一、萌芽时期：汉、晋至隋、唐 ……………… 18
　　二、发展时期：宋、元、明 …………………… 20
　　三、鼎盛时期：清代、民国 …………………… 22
　　四、复兴时期：改革开放以来 ………………… 23
　第三节　对联的分类 ……………………………… 24
　第四节　对联的主要术语 ………………………… 28

第二章　对联的文体艺术 …… 41

第一节　对联的平仄与句式 …… 41
一、短联的平仄格式 …… 41
二、对联的句法结构 …… 43
三、多言联句式的组合 …… 45
四、对联的拗句与补救 …… 47

第二节　对联的对仗 …… 48
一、对偶与对仗 …… 49
二、对仗内容 …… 52
三、对仗程度 …… 56
四、对仗形式 …… 67
五、对仗技巧 …… 71

第五节　对联的修辞 …… 81

第三章　对联的写作练习 …… 100

第一节　对联写作规则 …… 100
一、对联格律问题 …… 100
二、有关对联格律的基本规则 …… 102
三、六个要素 …… 103
四、五个禁忌 …… 104
五、三个关键 …… 109

第二节　对联入门学习 …… 114
一、练好"联"外功夫 …… 114

- 二、练习对课 …………………………………… 116
- 三、练习缀句 …………………………………… 120
- 四、学会仿联 …………………………………… 121
- 第三节 对联写作方法 …………………………… 124
  - 一、新拟 ………………………………………… 124
  - 二、集句 ………………………………………… 127

第四章 对联分类写作技巧 …………………………… 145
第一节 佳节时令联 ………………………………… 145
- 一、佳节时令联概说 …………………………… 145
- 二、春节与春联 ………………………………… 150
- 三、春联写作要求 ……………………………… 152
- 四、春联的横批 ………………………………… 156
- 五、春联技巧分类例析 ………………………… 158
- 六、应征春联写作注意事项 …………………… 174

第二节 地理名胜联 ………………………………… 176
- 一、地理名胜联概说 …………………………… 176
- 二、地理名胜联技巧分类例析 ………………… 177
- 三、地理名胜联写作注意要点 ………………… 188

第三节 婚寿赠贺联 ………………………………… 192
- 一、婚寿赠贺联概说 …………………………… 192
- 二、贺婚联技巧分类例析 ……………………… 192
- 三、祝寿联技巧分类例析 ……………………… 199

四、庆乔迁联技巧分类例析……………………… 206
　　五、其他赠贺联技巧例析………………………… 209
第四节　缅怀吊挽联…………………………………… 212
　　一、缅怀吊挽联概说……………………………… 212
　　二、缅怀吊挽联写作注意事项…………………… 212
　　三、缅怀吊挽联技巧分类例析…………………… 215
第五节　宗祠公祠联…………………………………… 224
　　一、姓氏宗祠联概说……………………………… 224
　　二、姓氏宗祠联技巧分类例析…………………… 227
　　三、纪念公祠联技巧例析………………………… 235
第六节　民居厅堂联…………………………………… 239
　　一、民居厅堂联概说……………………………… 239
　　二、民居厅堂联技巧分类例析…………………… 240
第七节　政教行业联…………………………………… 249
　　一、政教行业联概说……………………………… 249
　　二、政教行业联技巧分类例析…………………… 250
第八节　文娱谐巧联…………………………………… 262
　　一、文娱谐巧联概说……………………………… 262
　　二、文娱谐巧联技巧分类例析…………………… 263
第九节　征联求偶联…………………………………… 267
　　一、征联求偶联概说……………………………… 267
　　二、现代征联活动例析…………………………… 271
　　三、征联注意事项………………………………… 275

第五章　对联的载体与书法 ·················· 278
第一节　春联的载体、书写与张贴 ········· 278
一、春联的载体 ······························· 278
二、春联的书写 ······························· 279
三、春联的张贴 ······························· 281
第二节　对联的书写与题款、钤印 ········· 283
一、对联的书写格式 ························· 283
二、对联的落款与钤印 ····················· 286
三、对联的镌刻与张挂 ····················· 287
四、对联书法与文化底蕴 ·················· 287

后记 ·· 289
参考文献 ······································· 292

附录 ·· 299
一、精选北京地名对 ························· 299
二、姓氏宗祠对联常用词语简释 ········· 308
三、《佩文诗韵》常用字 ····················· 317
四、对联常用领字 ···························· 330

第一章 对联概说

第一节 对联的特点

一、什么是对联?

什么是对联?这个问题看似很简单,但是,对很多人来说,未必真正了解对联的全部含义。

要真正了解对联,必须先明白对联的定义:对联是一种具有独立意义的对偶句,对称是其最根本的性质。对联是中国汉字文化衍生出来的独特产物,在全世界所有的文化中,只有我们的汉民族文化才有这种独特的文学形式。

对联产生以前,古诗文作品中有大量的对偶句,但这些对偶句并非对联,也不能算作对联的萌芽。对联虽然脱胎于律诗,但律诗中的颔联和颈联(即律诗中的第三、四句,第五、六句),大部分摘出来也不能当对联用。究其原因,这两联只是整首诗的组成部分,离开特定的语境,表达的意思与原诗可能就不一样了。因此,对联并非一般的对偶句，而是有"独立意义"的对偶句。

对联因其独特的形式，既是一种特定的"纯文学"，为历代文人墨客所钟爱，又是一种具有游戏特性的民间文学（俗文学），为广大的普通百姓所喜爱。

春节，即中国农历新年，是一年中最隆重的传统节日。庆祝春节的习俗很多，其中流传最广的是贴春联。春节一到，家家户户都贴春联，辞旧迎新，迎祥纳福。这个习俗，从秦汉时期的每年一换桃符，延续至今天的贴红纸春联。春联可以说是中华民族最具特征的民俗文化符号。著名学者周汝昌说："春联是举世罕有伦比的最伟大、最瑰奇的文艺活动。"2006年5月，"楹联习俗"被国务院列为首批国家级非物质文化遗产名录。

春联是节日联的一种，除了节日联，还有地理名胜联、婚寿赠贺联、缅怀吊挽联、宗祠公祠联、民居厅堂联、政教行业联等门类。

对联雅称楹联。楹联原特指挂在或贴在楹柱上的对联，清朝乾隆以后成为对联的雅称。对联俗称对子，简称对或联，别称楹帖、帖子、联对、联语，偶称联句、偶句，还有应对、对句、小品、小道等称呼。

二、对联的文体特征

对称是对联最根本的文体特征。

古文有韵文和散文之分。所谓韵文，就是用韵的文体，如歌谣、辞赋、诗、词、曲等。对联也属于韵文，但不能狭义地将其韵理解为"合辙押韵"，对联的韵主要表现在音的变化上。它区别于诗、词、曲的特征是：上下联必须字数相等、内容相关、词性相当、句式相同、平仄相谐、强弱相当。只有符合上述这些特征，才能算作对联。古今联家们总结出的这六个要素很重要，后面再专门讲解。

对联自一千多年前从诗词中脱胎以来，已发展成为一门独特的文学艺术。写好对联，除了必须懂得对偶对仗、声律音韵之外，还要有深厚的文学功底。

三、对联的民族性和启蒙性

对联是汉字文化衍生出来的独特产物。在全世界的几大语系及其文字体系中，正是因为汉语和汉字具有一字一音、一音一义、字体方正、整齐清楚、音节分明、声调匀称的特点，所以才能造出字形、字音、字义都两两相对的句子，形成汉字文化中最具美学特征的对偶。

请看于右任题写的四川青城山黄帝古祠联：

启草昧而兴，有四百兆儿孙，飞腾世界；
问龙蹻何道，是五千年文化，翊卫神州。

传说黄帝曾来青城山访贤，后世为黄帝立祠祭祀。"草昧"指蒙昧时代;"四百兆"即四亿;"龙蹻"即《龙蹻经》,据说是仙人所读之书,传说黄帝曾向宁封真君问龙蹻飞行之道;"翊卫"义为辅佐保护。上联歌颂黄帝功绩,当时已有四亿子孙在世界各地发展。下联说中华五千年的优秀传统文化,哺育并保护着四亿儿女的成长。上下联对仗工稳,韵律和谐,全联意境深远,书法绝美,堪称精妙。

  对联最能表现汉语、汉字文化的特点,对联的创作,充分、灵活地运用了汉语和汉字的特点,辅以一字多音、一音多字、一字多义、一义多字等诸多变化,直接构成了对联艺术的用字技巧,具有很强的民族性。据了解,对联这一文体目前已传播到世界上三十多个国家和地区,有华人聚居的地方,对联就会在那里生根、开花、结果。

  对联还是古人学文识字的启蒙读物。古人认字,就是采用对句的方法。《小儿语》《三字经》《百家姓》《幼学琼林》《龙文鞭影》等蒙学书籍,采用韵文、对句的形式来表现广泛的内容,作为识字、作诗的工具书。《声律发蒙》《笠翁对韵》《声律启蒙》等,都是通过"对"来帮助人们认识汉字,掌握对仗知识的。在古代私塾教育中,"对课"是一种专门课程,由先生向学生传授对对子的方法和汉字知识。

  春节期间家家户户贴着红彤彤的春联,不但给人们带来春回大地、喜庆吉祥的欢乐,还让人们在春联中认识了许多汉字,从对联中了解许多文化知识。

春联的内容广泛传播于城市乡村的每一个角落,历来受到文化宣传部门的重视。毛泽东同志就很重视新春联的教育宣传作用,1944年3月22日在《关于陕甘宁边区的文化教育问题》中指出:"边区有35万户,每家都贴起新内容的春联,也会使边区面貌一新。……要搞新春联,新春联是群众的识字课本和政治课本。"

对联以其高雅的文学性和通俗易懂的启蒙性,受到不同层次文化人的喜爱。它既古典又很现代,有"诗中之诗"之美誉。了解并把握对联的特点,学习对联创作,既有助于普及民俗文化,又有助于提高人们的艺术修养。

四、对联的实用性和艺术性

任何文学形式的产生和发展,都与人类社会生活密切相关。从这个意义上说,所有文体都具有实用性。

对联的文学性中,以其实用性和谐巧性,说尽了对联文化的全部内涵。上下联字句相等、词性相当、结构相称、节奏相应、平仄相谐、内容相关,这种既"对"又"联"的对称关系,正是对联独特的形式特征。对联这种文艺形式短小精悍、言简意赅、概括力强,凝聚了中华传统思想文化的精髓,应用范围很广。如建筑物,从古代的皇家宫殿、官宦富商的私人园林、名山胜景的亭台楼阁和宗教场所,到农家庭院、商肆酒楼,何处不用对联来装饰？

对联以其简洁的对偶词句，高超的艺术技法，使得中华传统文化以一种独特的形式延续传承。正如著名园林学家陈从周教授在《中国诗文与中国园林艺术》一文中说的："园之存，赖文以传，相辅相成，互为促进，园实文，文实园，两者无二致也。"天下的名楼、名亭、名园等名胜风景，莫不如此。昆明滇池的大观楼，仅孙髯一副长联，便名扬天下。还有武汉的黄鹤楼、南昌的滕王阁、九江的琵琶亭等，都以高雅的联语，达到了"以文传园、以园传文"的顶峰。

清人郑燮的书房自题联：

室雅何须大；
花香不在多。

全联既是写真，又揭示了一个哲理：居室再小，只要主人品德高尚，情趣自必高雅；花再少，只要能散发花香即可。既体现了作者"繁冗削尽"的艺术意趣，又体现了作者不慕荣华而淡泊名利的人生观。诗言志，对联亦然。联语生动地再现了作者淡雅的审美情趣，反映了作者不同流俗的个性。这副对联，历来为人所喜爱，广泛流传。联语对仗工整，意境隽永，极具艺术性。

晚清名臣曾国藩自题联：

> 不为圣贤，便为禽兽；
> 莫问收获，但问耕耘。

上联的"禽兽"，比喻一个不知礼义、道德败坏的人。人生只有两条路可供选择，要么成为圣贤，要么成为禽兽。下联表达了作者所认同的一种生活哲理，奋斗和成功是一个事物的两个方面，但我们应该着眼于奋斗，不要只盯着成功。因为只要你奋斗了，成功应该自然而然地到来。退一步说，即便没有成功，只要你奋斗了，这样的人生也没什么遗憾。这副对联的艺术性极佳，展现了对联"诗中之诗"的魅力。

抗战时期，侵华日军派飞机轰炸重庆，市民时刻保持着警惕。一旦气球升空，或灯笼高挂，空袭警报响起，市民便急忙躲进防空洞。国学大师陈寅恪就此巧写了一副谐趣联：

> 见机而作；
> 入土为安。

上联出自《周易·系辞下》："君子见几而作，不俟终日。"意思是，事前明察事物细微的变化，抓住有利时机，有所作为。"几"与"机"同音，陈寅恪便借音将其改为"见机而作"。下联承接上联，"入土"，即躲进防空洞。"入土为安"原是民间的俗话,意思是人死后应尽早下葬,这里是指躲入防空洞才相对安全。信手拈来成语、俗话而成联,符合其时、其地的特殊情况。既写出了当时人们的行为,又巧妙而含蓄地表达了当时人们的心理:由张皇失措,到平稳安静。不仅妙语天成,而且趣味横生。

第二节　对联的源流与发展

一、对联的源流

前人在研究对联的起源时,纠结于春联在先还是对句在先,争论不休,至今尚无定论。我在阅读大量文献后惊喜地发现,对联其实就像一条大河,这条大河有两条支流:

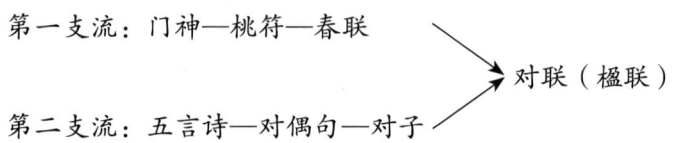

第一支流:门神—桃符—春联

　　　　　　　　　　　　　　对联(楹联)

第二支流:五言诗—对偶句—对子

春联最初的发源地是"门神",流到了"桃符",再流到"春联"。对句发源于"五言诗",流经"对偶句",再流到"对子",也汇入了"对联"这条大河中。这两条支流一汇合，江面变得很宽。再流一段后，这条大河又被人们改称为"楹联"了。

1. 第一支流：门神—桃符—春联

历代文史、联史学家们虽各持己见，但都同意这一点：春联更早一些，原来叫桃符，桃符起源于门神。《山海经》载，远古时代，沧海之中，有一座度朔山，山上有棵大桃木，树枝展开来有三千里。东北有个鬼门，供万鬼出入。桃树下住着两个神人，一个叫神荼，一个叫郁垒，管理着山上这些鬼。还传说桃木可避邪驱鬼，祈祝平安。祖先们就把神荼和郁垒这两个神人的神像，刻在或画在两块桃木板上，作为门神，用来避邪镇鬼。这两块桃木板，每年春节除夕夜前都要换为新的，这一换便叫换桃符。这两块桃木板，又叫桃门、桃板、仙木、春板。

传说到了唐朝，民间有人把这两块桃木板中画的神像，改为唐朝的两名大将秦叔宝和胡敬德的画像。从此，这两个门神又叫秦军和胡帅。还有人考证，汉朝末年，桃木板上已有人写文字了，一块写"神荼"，一块写"郁垒"。原来人们觉得画难，刻更难，还要年年更换新的，于是便把画、刻"二神"神像改成写两句话："神荼"和"郁垒"。写字又快又省事，还省钱呢！

这两块桃木板写的文字，名词对名词，右边"垒"字读仄声，左边"荼"字读平声，和后来对联的读法、写法一模一样。因此，有联家认为，这两块桃木板写的"郁垒"和"神荼"，就是我们祖先最早的春联。但那时候不叫春联，而是叫桃符。

北宋张唐英《蜀梼杌》载，后蜀归宋之前一年的除夕，后蜀主孟昶命学士辛寅逊题"桃符板"挂于寝门，孟昶嫌其词不工，便亲自命笔写道："新年纳余庆；嘉节号长春。"这副对子曾被认为是我国第一副春联。但那时，还是叫桃符。

敦煌研究院谭蝉雪女史在《我国最早的楹联》(《文史知识》1991年第4期) 一文中指出，敦煌遗书"斯坦因0610"卷（据敦煌文献目录，实际编号为S.0610V）中，有一段晚唐以前的联句"三阳始布，四序重开……"，可以认定是"我国最早的楹联"。

到底哪副是我国最早的春联？至今也都没有一致的结论。

那么，门神又是什么时候变成桃符的呢？是在宋朝。宋朝初年，王安石写了一首著名的《元日》诗：

爆竹声中一岁除，春风送暖入屠苏。
千门万户曈曈日，总把新桃换旧符。

从这首诗中我们可以看出，宋朝时，过年题桃符（即贴春联）已经很普遍了。但宋朝也不叫春联，还是叫桃符，把写春联叫作题桃符是在宋朝之前,但没有确切的文字记载。那么桃符是什么时候才叫作春联的呢?确切的时间是明朝初年。

清人陈尚古(字云瞻)在《簪云楼杂说》一书中记载,明太祖朱元璋定都金陵(今南京),于除夕前忽然传旨:京城所有人家,必须写一副春联贴在门上。过了几天,太祖朱元璋还亲自换了老百姓的衣服出去暗访,看到全城家家户户都用红纸在门上贴了春联,十分高兴。偶尔见到一家没有贴,一问才知道是个阉鸡劁猪的人家,自己不会写,还未请人写。太祖立即为其撰写了一副对联:

双手劈开生死路;
一刀割断是非根。

过了几天,太祖又便衣出宫查访,特地从这里经过,不见这家人贴出他写的春联,便问原因,那家人说:"那是皇帝写的,已把它高高挂在厅堂正中,烧香供奉。"太祖大喜,赏给三十两银子,让他改行做别的生意了。从此,桃符正式被叫作春联,题桃符也被叫作写春联了。

以上就是"门神"变为"桃符","桃符"又变成"春联"的过程。那么,春联又是什么时候变成对联的呢？我们再来谈谈第二条支流。

2.第二支流：五言诗—对偶句—对子

对联脱胎于诗词歌赋，尤其是律诗。这一观点，已得到大多数文史家的认同。

《吴越春秋·勾践阴谋外传》载有一首《弹歌》："断竹、续竹，飞土、逐肉。"这首歌谣相传始于黄帝时代，但仅是猜测，没有什么根据。不过，从其内容来看，无疑是一首原始猎歌；从其结构来看，正是对偶句子。

对偶是中国文化中极具美学意义的民族文化形式。对偶，又叫丽辞、俪辞、骈偶。偶、丽、俪、骈，都是成双成对的意思。对偶就是成双配对的语句。如果将对偶作为一种独立的文体，那就是对联了。我国第一部诗歌总集《诗经》，收入自西周初年至春秋中叶的诗歌305篇，其中就有不少采用对偶的句子。如《诗经·小雅·采薇》：

> 昔我往矣，杨柳依依；
> 今我来思，雨雪霏霏。

《诗经·大雅·抑》：

> 诲尔谆谆，听我藐藐。

古人不仅在韵文中应用对偶，在先秦的散文中，也常常采用对偶的句子。如《论语·子张》：

> 博学而笃志，切问而近思。

《韩非子·扬权》：

> 事在四方，要在中央。

到了汉代，文人们更加广泛、自觉地采用对偶来作文写赋，风气极盛，涌现了贾谊、扬雄、枚乘、司马相如、班固等汉赋名家。赋是介于诗和散文之间的一种文体，特别讲究文采，注重声韵、节律，常采用铺叙的方法描写事物。为了适应铺叙，加强节奏感，赋中较多地采用排偶的技法。如司马相如的《上林赋》：

> 置酒乎颢天之台，张乐乎胶葛之宇；撞千石之钟，立万石之虡；建翠华之旗，树灵鼍之鼓。奏陶唐氏之舞，听葛天氏之歌；千人唱，万人和；山陵为之震动，川谷为之荡波。

再后来，以"三曹"（曹操、曹丕、曹植）、"七子"（孔融、陈琳、王粲、徐干、阮瑀、应玚、刘桢）为中心的"建安诗歌"，继承了汉乐府民歌的传统，《古诗十九首》则是乐府古诗文人化的显著标志。如曹植《洛神赋》的句子：

荣曜秋菊，华茂春松。

又如《古诗十九首》中的《青青河畔草》：

青青河畔草，郁郁园中柳。
盈盈楼上女，皎皎当窗牖。
娥娥红粉妆，纤纤出素手。
昔为倡家女，今为荡子妇。
荡子行不归，空床难独守。

西晋时期，五言诗已颇有成就。文人陆云与荀隐，有一天在好友张华家相会。两人原来素不相识，便互报姓名，陆云拱手道："云间陆士龙。"荀隐应声答道："日下荀鸣鹤。"这一问一答，不是诗，而是联，是陆云出句求偶。后人便将其视为正史中最早对对子的记载。

南北朝至隋唐时期，文人们已经不满于过年只在门上贴"郁垒"和"神荼"。尤其在隋唐时，已有文人题写自己喜欢的对仗句子，贴在或挂在房门或厅堂、书房了。对联大家张伯驹的《素月楼联语》称，惠山有唐代张祜题壁联：

小洞穿斜竹；

重阶夹细莎。

这比后蜀主孟昶的"新年纳余庆；嘉节号长春"要早一百多年。

现代学者方东在《霞浦县志》和《福鼎县志》发现三副唐代对联：

咸通年间（860—874年）陈蓬在礼岙草堂题写了两副对联：

竹篱疏见浦；

茅屋漏通星。

石头磊落高低结；

竹户玲珑左右开。

乾符年间（874—879年）进士林嵩于其所读书的礼岙草堂题有一联：

大丈夫不食唾余，时把海涛清肺腑；

士君子岂依篱下，敢将台阁占山巅。

当代联家白启寰发现，《江州义门陈氏族谱》中载有唐僖宗（862—888年）赐给江州义门陈氏的一副对联：

> 九重天上旌书贵；
> 千古人间义字香。

明朝时期，在太祖朱元璋这个"对联天子"的大力倡导下，对联创作蔚成风气。后来杨慎编纂了我国第一部联书《谢华启秀》，为对联的发展起到了推波助澜的作用。朱元璋自己创作了不少著名的胜迹联、题赠联和谐趣联，如莫愁湖集句联：

> 清风明月本无价；
> 近水远山皆有情。

至此，桃符逐渐衍变为春联。春联只是过年时贴的，而对子却是长年挂在书房或厅堂的，虽对仗、音律相似，但用途却是有些不同。在对联产生初期，没有明确的分类，至于春联早还是对子早，没有人去下结论。

根据对联产生的历史脉络，可作如此推论，在明代朝野的推广下，"春联"和"对子"联结在一起，"对联"至此正式形成。两条支流流到这里，第一支流的"桃符"变成"春联"后，与第二支流的"对子"汇合，变成了"对联"这条大河：

第一支流的"春联"+第二支流的"对子"=对联

这时的明代，对联的数量已经很多，品类也很齐全，撰联的技巧逐渐成熟，出现很多著名联家，如解缙、杨慎、祝允明、唐寅、徐渭、陈继儒、袁崇焕等，有很多名联传世。

二、楹联的得名之由

楹，即木柱子，俗称楹柱。我国的传统建筑，从古至今，无论皇宫衙门，还是民居厅堂，都有很多木柱子。人们喜欢把对联贴在或刻在这些柱子上。这些柱子上贴的、刻的对偶句，最先称为对子，又叫作对联。"对联"这个称呼，一直叫到清朝雍正时期。

大约在乾隆皇帝时，文人们认为，既然这木柱子叫楹柱，我们也应该把对联改称为楹联才对。俗话说："三人证，龟成鳖。"没有皇帝下的圣旨，只要大家承认，就约定俗成啦！还真把对联改称为楹联了。同时还把写好了但没有张贴或镌刻的，以及印刷成书的、赠送给他人的，甚至把寺庵、名胜风景等处的对联，统统归类到楹联名下。

从此，对联雅称为楹联，但通常还是叫对联，俗称对子。楹联，还有楹语、楹句、楹帖、帖子等称呼。

第三节 对联的发展

一、萌芽时期：汉、晋至隋、唐

我们知道，对联是由两条支流汇合而成的。对联脱胎于诗词歌赋，尤其是律诗。因此，对联应该萌芽于律诗之前。

到了唐代，对对子的风气甚为流行，有些著名诗人的巧对佳话广为流传。宋人吴坰的《五总志》载：

> 唐温庭筠，每入试作赋，凡八叉手而八韵成。宣帝赋诗，上句有"金步摇"对，令未第进士属之，庭筠以"玉绦脱"续。李义山偶谓之曰："近得一联'远比邵公三十六年宰辅'，未得偶词。"温应声曰："何不道'近同郭令二十四考中书'？"是以今事对古事也。

文中的邵公，即周召公；郭令，则是郭子仪。温庭筠是与李商隐（字义山）齐名的晚唐诗人，于850年左右中进士。这里的两个应对，与《霞浦县志》等所载新发现的三副书房联，大概是同一时期之人所题。另据《全唐诗话》

记载，温庭筠还以"苍耳子"对"白头翁"。这个对句比较工整，也讲究平仄，艺术性很强。

那时，文人将这些对偶句用作春联，或写成条幅，挂在客厅或书房里，用于装饰，是顺理成章的事。唐朝是诗歌的顶峰，文人们早已将诗歌的对偶句子用作对联了。律诗强调第三、四句和第五、六句必须对仗工整、韵律和谐。也就是说，这四句诗如果单独使用的话，就是两副对联。如杜甫的五律《春望》：

国破山河在，城春草木深。
感时花溅泪，恨别鸟惊心。
烽火连三月，家书抵万金。
白头搔更短，浑欲不胜簪。

我们把中间的第三、四句和第五、六句挑出来，便可作为两副平仄协调、对仗工整、韵律和谐的对联。

另外，唐朝科举考试的试帖诗，在对仗方面要求极为严格。钱起的《省试湘灵鼓瑟》这首诗，除了开头、收尾两句按规定可以不对，其他都是两两相对。

善鼓云和瑟，常闻帝子灵。
冯夷空自舞，楚客不堪听。
苦调凄金石，清音入杳冥。

苍梧来怨慕，白芷动芳馨。
流水传湘浦，悲风过洞庭。
曲终人不见，江上数峰青。

二、发展时期：宋、元、明

五代和宋元时期，词、曲的产生，突破了五言和七言的句式。文人墨客们又把这些长短句，按对偶的要求，"联"了起来。如：

度一曲新蝉，柳花飐白；
数双飞蝴蝶，梅蕊应红。

这上联出自吴文英的《齐天乐》和周密的《扫花游》，下联则出自朱敦儒的《好事近》和晏几道的《采桑子》。又如：

万里江天，湿云粘雁影；
一帘风絮，丝雨织莺梭。

上联出自陆游的《汉宫春》和陆叡的《瑞鹤仙》，下联出自周邦彦的《瑞龙吟》和周密的《南楼令》。再如：

> 五湖春水如天，正玉涨松波，花穿兰舫；
> 两岸秋山似画，是红酣落照，翠霭余凉。

上联出自贺铸的《临江仙》和吴文英的《木兰花慢》，下联出自葛长庚的《贺新郎》和韩淲的《绕池游慢》。

这些集句联，是当时文人墨客们玩的文字游戏。正是这些文字游戏，促成了对联的发展。我猜测（没有考证），既然文人们会题写这些对仗句当作对联使用，那么，他们更会把这些美丽的，尤其是自己喜欢的对仗句子，题写在厅堂柱子上，或写成条幅装裱悬挂于厅堂或书房里。联史学家们普遍认为，对联就是由这些优美的句子衍生出来的。

对联自一千多年前问世至今，经明代由"桃符"衍变为"春联"而正式登场。在明太祖，清康熙、乾隆等数位帝王的大力倡导下，一代代文化人乐此不疲，创作不辍。前面讲过，明朝对联的数量已经很多，品类也很齐全，撰联的技巧逐渐成熟，涌现了一大批著名联家。《永乐大典》主修解缙，在明成祖时任文渊阁大学士，据说八岁便能对对子，他写的这副讽喻联，讽刺徒有虚名、腹中没有才学的人：

> 墙上芦苇，头重脚轻根底浅；
> 山间竹笋，嘴尖皮厚腹中空。

这副对联被后世联家视为"工对"的范例,编入各种联书,至今广为传诵。

三、鼎盛时期:清代、民国

明代杨慎编纂集句联书《谢华启秀》和《群书丽句》后,专门的联书如雨后春笋般地陆续刊行,如明冯梦龙编的《金声巧联》[①]、清李载熙的《争坐位集字联》等,为对联的普及和繁荣起到了推波助澜的作用。

清朝是对联的鼎盛时期,对联已普及到农家茅舍和三教九流的招牌门面。对联的种类也从庆婚、祝寿,发展到赠贺、哀挽等。内容争奇斗艳,联句也是长短各异。福建梁章钜、梁恭辰父子编写的《楹联丛话》《楹联续话》《楹联三话》《楹联四话》《巧对录》《巧对续录》等联书,对楹联的发展和繁荣贡献巨大。他们总结了前人的经验,开创了联话体例,最先确立了楹联分类原则。

清代,对联得到了质的提升。创作手法愈加多样,借用方块汉字,运用典故,加以隐含诗意的美学阐释,妙联佳对信手拈来,美不可言。对于平仄、对仗,也有了更加严格的要求。正如国学大师饶宗颐所说,对联已经成为"大国之势",成为世界文学中独一无二的文学体裁。

---

① 常江点校《金声巧联》之"点校说明",载龚联寿主编《联话丛编》(第一册),江西人民出版社,2000年。

清代的高官名流、布衣才子，如王士禛、郑燮、纪昀、林则徐、袁枚、何绍基、曹雪芹、宋湘、孙髯、邓石如、伊秉绶、阮元、梁章钜、曾国藩、左宗棠、梁恭辰、俞樾、张之洞、吴昌硕、康有为、钟云舫、吴恭亨、黄遵宪等楹联大家，都有名联传世。布衣才子孙髯题撰的昆明大观楼长联名扬天下，布衣联家钟云舫被后人誉为"长联圣手"。

清末、民国时期，对联也是官宦名流、文人墨客、富商巨贾、平民百姓最喜欢的一种文体，就连农村私塾先生都会写对联。孙中山、梁启超、于右任、蔡元培、章士钊、何淡如、方地山、许地山、张大千等文人学者，十分喜爱对联，且都有佳作传世。

另外，古代的联家不仅是文人学者，大多还是书法大家，自撰自书，不但留下许多名联，还留下不少联墨佳品。

四、复兴时期：改革开放以来

对联虽受国人深爱，但也历尽沧桑。尤其是在十年"文革"期间，和其他优秀传统文化一样，对联的发展遭受重大挫折。

"文革"结束后，对联获得重生。改革开放后的1984年，马萧萧、常江、顾平旦、谷向阳、郭华荣、曾保泉等一批楹联家，发起创办了中国楹联学会，开展楹联文化的理论研究，整理楹联文献资料，出版《中国对联大典》

《中国楹联大辞典》等楹联文献，挽救了濒临消失的优秀传统文化。

改革开放的头二三十年，由于打开国门，发展经济，忽略了民族文化的守护，加上西方文化的入侵，楹联和古诗词等优秀传统文化几乎变成了时代的"弃儿"！

文化是一个国家、一个民族的灵魂。一个没有文化自信的国家和民族，是没有希望的国家和民族。近些年来，我们已经意识到，实现中华民族伟大复兴的"中国梦"，必须坚定民族文化自信。我们有理由相信，古典诗词、楹联这些优秀传统文化瑰宝，必将迎来新的发展机遇。

第三节　对联的分类

对联的分类，是一门学问。清代联家梁章钜、梁恭辰父子，开创了联话体例，在收集整理前人对联时，首先将楹联分为十个类别：故事、应制、庙祀、廨宇、胜迹、格言、佳话、挽词、集句、杂缀。这是对联最早的分类方式，这种分类方式侧重于内容和用途。

民国初年，胡君复编纂的《古今联语汇选》，是明、清、民国三个历史时期规模最大的对联作品选集。改革开放后，当代联家常江等将其珍藏的这部联书进行了点校重编，比较合理地将对联分为名胜、园林、祠庙、刹宇、庆贺、哀挽、廨宇、学校、会馆、戏台、杂题、投赠、谐谑、杂缀、谚语、诗钟、集句、集字十八类。这种分类方式对整理楹联文献也是贡献很大的。

北大教授、著名联家谷向阳主编的三卷本《中国对联大典》于1998年问世，将对联分为道德人伦、警世格言、岁次纪年、婚寿赠贺、缅怀悼挽、书院学堂、政务廨署、名胜园林、厅堂居寝、姓氏联珠、岁齿衔华、春联撷英、时令佳节、行业商肆、艺海拾联、集字集句、碑帖串骊、诗词裁锦、地理联话、基督圣教、谚语趣话、海外联萃、名家题赠、联苑故实、征联求偶二十五大类，各大类下面又分了若干小类。这样分类较为实用，题类也有点韵文味道，读来朗朗上口。

陆家骥编著的《对联新语》，1978年由台湾商务印书馆出版，将对联分为姓氏、逸事、书院、掌故、节气等二十四类。

还有很多分类，不再一一列举。古今联书对于对联的分类没有统一的标准，各家研究整理的目的和方法不同，分类各异。实际上，对联的分类应结合文献来源以及性质，分别对待：整理历史楹联文献，虽可稍作调整，但应尽量保持原著的分类面目，以便后人探索研究；新题撰的对联，应按目前对联的发展和实际使用情况来分类。

根据目前对于对联的认识和实际使用情况，常用对联可以分成九个大类：佳节时令、地理名胜、婚寿赠贺、缅怀吊挽、宗祠公祠、民居厅堂、政教行业、文娱谐巧、征联求偶。各大类下可再分若干小类。

1. 佳节时令联：节日联与庆祝节日有关，是新旧节日或纪念日专用的对联。如使用范围最广的春联，过去还称为春帖子、春帖、春书、年字、元旦联等。以前的节日联除春联外，还有如元宵节、端午节、中秋节等农历节日使用的对联。现在除了春节家家户户还贴春联外，其他节日几乎没有人贴应节联了。

2. 地理名胜联：专为名胜风景撰写的对联，也称胜迹联。从广义来说，名胜联包含各种风景名胜对联。专为宗教寺庙撰写的宗教联，也归入这一类。俗话说："天下名山僧占多。"这类对联，内容虽多关涉佛道两教，但也有不少是描写寺观地理风光的。其下可分为七个小类：名山大川、亭台楼阁、佛道寺观、园林别墅、纪念园馆、碑桥牌坊、其他名胜。

3. 婚寿赠贺联：用于贺婚、祝寿、庆生育、贺开张、庆乔迁等活动的对联，也称喜庆赠贺联、喜联。

4. 缅怀吊挽联：用于吊亡、祭祀、追悼缅怀等纪念活动的对联，也称吊挽联、哀挽联，通称挽联。吊挽分为自挽和他挽两种，如不写明自挽，则为他挽。他挽联包括团体挽联和个人挽联。挽联联语，还称挽词。

5. 宗祠公祠联：专门为姓氏宗族祠堂和纪念公祠撰写的对联。姓氏宗祠联是在中华民族"忠孝仁义礼智信"和

"修身齐家治国平天下"这一儒家文化思想浸润下产生的。这些对联,可以说不仅是一部优秀的"家训",还是中华民族先贤垂裕后昆的特种教科书。姓氏宗祠联包括门联(含牌坊、大门、小门、重门、廊门)、堂联、栋对、龛联、灯对、檐联。

6.民居厅堂联:专为居室住所内外撰写的对联。包括士、农、工、商、渔家的民居建筑等所有居室内外张挂的对联。分为两个小类:居室外联,指用于大门、小门、重门、照壁等处的对联;居室内联,指用于厅堂(会客室)、书房等处的对联。

7.政教行业联:各种行业专用的对联,又称百业联。古代直至民国,政务衙署各种部门以及书院学堂,对联不但多,而且水平很高。这类对联和行业对联归入一个大类,再分为三个小类:政务衙署联、书院学堂联、商肆行业联。商肆行业联还包括新开张行业联和永久性行业联。

8.文娱谐巧联:专用于文娱活动、庙会灯谜及娱乐场所等的对联。分为三个小类:庙会门联,茶楼戏台联,巧对、妙对与灯谜联。

9.征联求偶联:围绕特定主题、在特定范围内征集的对联。现在最常见的是每年一度的征集春联。此外,还有各种政治、文化、纪念性质的征联,商业性质的"冠名"征联,等等。各类征联,有的是出句求偶,更多的是征集自撰联。

第四节　对联的主要术语

对联术语，即对联的专门用语。学习写对联，要熟悉对联的主要术语。

【**对联**】以对偶句为基本特征的、有独立意义的文体，由上联和下联组成。在骈文和律诗的基础上形成，历史悠久。"对联"一词最早出现于明代。

【**副**】双；成对的。对联的计量单位，上下联（全联）合称为一副对联。

【**言**】即字。古人把诗的"字"称为"言"，以诗的每一句字数多少计算，如五言绝句、五言律诗、七言绝句、七言律诗。对联脱胎于律诗，所以将短联以上下联的半联字数称呼，如"愿闻己过；求通民情"称为四言联，"春风放胆来梳柳；夜雨瞒人去润花"则称为七言联。但长联不能按短联的半联字数称"言"，应按全联字数称"字"。昆明大观楼长联，上下联一百八十个字，就不能以半联的字数称其为九十言联，而应以全联的字数称其为一百八十字长联。

【**全联**】有上下联的一副完整的对联。

【**上联**】对联的前半部分（上句）。一副对联由字数相等的两个部分组成。古人称先为上，所以先书写的部分叫作上联，以仄声字结尾。张贴、悬挂、镌刻的位置在所面对方向的右手边。又称为上支、上比、出句、对公、对头。

【下联】对联的后半部分（下句）。古人称后为下，所以后面书写的部分叫作下联，以平声字结尾。张贴、悬挂、镌刻的位置在所面对方向的左手边。又称为下支、下比、对句、对母、对尾。

【半联】半副对联，只有上联或只有下联。产生半联的原因：一是历史久远，木刻或装裱的名家字书或联语仅存半副，另外那半副载体实物下落不明，且又不见有文字记载而无法补齐，成了"绝对"。二是有影响的"绝对"，至今都无法找到或征集到能与之匹配的上联或下联。如广东"客天下杯"的"客天下迎天下客"现代征联，连续五年向海内外征集对句，但在数十万件应征的来稿中，均无法征集到能与之匹配的对句。这样"客天下迎天下客"的出句便成为"绝对"的半联。

【单联】半联（指上联或下联）。

【套联】由两副以上对联组成的，而且内容相关，用于同一地方的对联。

【出句】先出的半联。所出的或是上联，或是下联，均称出句。也指一副对联的上句。

【对句】与出句相反，是应对所出上联或下联的句子。也指一副对联的下句。

【支】河流的分支叫支流。对联分为两支,上联称上支,下联称下支。

【比】并列的上联或下联。单称上联叫上比,单称下联叫下比。

【横额】横着挂的匾额。悬于门屏之上或墙上。

【匾额】题写作为标记或表示赞扬文字的长方形横牌。匾额分为虚、实两种:直书其名的叫实额,如黄鹤楼、牡丹亭、大观楼、同仁堂等;不直书其名的叫虚额,或用典故,或拟景,或用有文采的词语,如杭州西湖的"平湖秋月""曲院风荷"(拟景),南昌滕王阁的"仙人旧馆",《红楼梦》大观园潇湘馆的"有凤来仪"等。

【横披】长条形的横幅字画。左右两边多有轴,以便于横挂。

【横批】同对联相配的横幅。对联可贴横批,也可不贴,但对联贴的横批内容大致要与对联相关。春联大部分是要配横批的,这在春联创作一节专门来讲述。

【幛】用整幅的丝绵织品做成,上面题字或缀字,用于喜庆、哀挽等场合的交际礼品。有喜幛、寿幛、挽幛(祭幛、祭轴)等。幛有横、竖的分别,横幛俗名叫作额子,竖幛俗名叫作幛子。

【平仄】平仄是汉语声调的特点。通常把高低长短的声调分为平声和仄声两类。平声高长,仄声低而短促。古汉语中,平声为平调,上声、去声、入声为仄调。现代汉语中的阴平（即第一声）和阳平（即第二声）属于平声，上声（即第三声）和去声（即第四声）属于仄声。平声、仄声在一句或一联中构成相互交错的节奏，这就是声律。在诗、词、曲、联中，这种声调的组合关系称为平仄。

【声调】 指一个音节所固有的高低升降，能起到区别意义的作用。汉语一般是一个字一个音节，因此声调也称字调。

【声母】 汉语一个音节开头的辅音。

【韵母】 汉语一个音节中除声母、声调以外的部分，元音是构成韵母不可缺少的音素。

【谐声】 协调文字的平仄，即按对联格律的规定，将平声字和仄声字放在适当位置上。这是对联的一个重要特点，是衡量对联平仄对仗"工"与"不工"的声韵标准。

【谐音】 谐声。

【对偶】 辞格之一，即把字数相等、结构相同、意义相关的两个词组或句子对称地排列在一起。在对联文学中，对偶不仅是修辞方法，也是对联最基本的特征。

【对仗】 指辞赋、骈文、诗词、对联中词句的对偶。对联的对仗较为严格，主要对仗方法有正对、反对、串对、自对、借对等。从严密程度上可分为严对与宽对。

【四声】 古汉语四类声调（平、上、去、入）的统称。

【平声】 古汉语"四声"之一，韵书中将平声分为上平声和下平声。

【上声】古汉语"四声"之一,属于仄声。

【去声】古汉语"四声"之一,属于仄声。

【入声】古汉语"四声"之一,属于仄声。

【平】平声,古汉语"四声"之一,韵书中将平声分为上平声、下平声。

【仄】仄声,古汉语"四声"之一,包括上、去、入三声。仄,是"不平"的意思。

【平起】指律诗句子和对联以两个平声字开始。

【仄起】指律诗句子和对联以两个仄声字开始。

【平收】指律诗句子和对联的最末一个字或两个字为平声字。

【仄收】指律诗句子和对联的最末一个字或两个字为仄声字。

【联眼】句腰。

【联腰】句腰。

【腰眼】句腰。

【句腰】对联居中的字,又称为联腰、腰眼、联眼。句腰的平仄,必与联尾相反,上联的句腰必为平声字,下联的句腰必为仄声字。句腰在联律中的作用不亚于联尾。关于句腰的位置,说法不一,大多数联家都认为:四言联句腰为第二字,五言联句腰为第三字,六言联句腰为第三字,七言联句腰为第四字,八言联句腰大多在第四字或第六字。

【句脚】有分句的对联中，上下联中每一分句的结尾字。它的平仄声律对整副对联影响很大，如两个分句的句脚，一定是上联平仄，下联仄平；三个分句的上联是平平仄；下联是仄仄平。但这不是"铁律"，在实际使用中，还得强调以内容为先的原则，绝对不要"以词害意"。如我撰写的牡丹亭联：

满引唱新词，花花草草，风流万种亭前柳；
千秋传彩笔，死死生生，萧洒一枝月下梅。

上联的句脚用平仄仄，下联句脚为仄平平。如果一定要按照马蹄韵句脚来写，是达不到现在这副联的艺术效果和水平的。

【联尾】上下联的最末一字。每联上联联尾必用仄声字，下联联尾须对以平声字。

【马蹄韵】对联句脚的平仄运用规则，即"仄顶仄，平顶平"的规则。其规律像马的行步，后脚总是踏着前脚脚印走，每个脚印都要踏两次。若以一边的脚为平、另一边的脚为仄，左右轮流，那么"平平"之后便是"仄仄"，之后又是"平平"了，故称马蹄韵，也称马蹄格。

【节】一副对联中的断句处，有较大停顿的地方。短联不分节，多言联分节，长联有多个节。

【节奏】原是音乐术语，指节拍的轻重、长短所构成的规律。在诗或联中，表示为音、义的停顿规律，分声律节奏和语意节奏两种。

【声律节奏】根据节律变化而进行的停顿方式。以两个字为一节（也称音步），构成声律单位。四言联的声律节奏为"二二"，五言联为"二二一"，六言联为"二二二"，七言联为"二二二一"。

【语意节奏】根据词语意义、句法结构而进行的停顿方式。四言联语意节奏为"二二"，五言联为"二三"，六言联为"二二二"，七言联为"四三"。这样的划分，可突出五、七言联的"三字尾"。

【节奏点】声律节奏中，每两字为一节，每节的第二字为节奏点。它的平仄是有严格要求的，四言联节奏点音律为"平仄，仄平"，五言联为"仄平仄，平仄平"和"平仄仄，仄平平"，六言联为"仄平仄，平仄平"，七言联为"仄平仄仄，平仄平平"。以上这些是正格句式。

【伪体】指专事模拟而无真实内容和独特风格的作品。

【韵联】上联或下联各句押韵的对联。对联的上联结尾仄声、下联平声，便已决定上下联不可能押韵。但上联或下联分句间有时可押，如梁章钜题其自家屋内池上草堂联：

客来醉，客去睡，老无所事吁可愧；
论学粗，论政疏，诗不成家聊自娱。

【韵律】韵文中的声韵和节律。诗、词、曲、联的韵律主要包括押韵、排偶（对仗）、平仄等。

【韵书】依韵分类编排的字书。所收的字按声调与韵母的次序排列，反映当时的声韵特点。可供查校声韵、选词摘句、寻找对语、查阅典故等。与对联创作、研究有关的韵书有《佩文诗韵》《骈字类编》《诗韵合璧》等。

【格律】韵文创作必须遵循的格式和规律，包括声韵、对仗、句式（句数、字数、结构）等。主要有诗律、词律、曲律、联律等。

【律诗】近体诗的一种，起源于南北朝，在唐初开始流行。律诗的格律到了杜甫手中才达到完美的地步，并固定、流行下来。律诗每首为八句，共四联，要求首联、尾联可以不用对仗，但中间两联"颔联"和"颈联"必须对仗，平仄有严格限制。每句五字者称五言律诗，简称五律；每句七字者称七言律诗，简称七律；凡一首诗超过八句者称为排律。律诗通常押平声字韵，共四韵，韵脚在二、四、六、八句尾，首句可押可不押。

【诗律】诗的格律，包括句式（句数、字数、结构）、用韵、平仄、对仗等。论诗律，一般以唐、宋诗为对象和依据。诗律的建立和规范化促进了对联的成熟和发展。

【颔联】律诗第二联（第三、第四句）。颔，人的下巴。这一联紧接首联（第一、第二句）。颔联必须对仗，其平仄规律可直接成为相应字数对联的基本格律，可供摘句或集句。

【颈联】律诗第三联（第五、第六句）。颈，脖子。这一联紧接颔联。颈联也必须对仗，其平仄规律也可直接成为相应字数对联的基本格律，可供摘句或集句。

【联律】对联的格律。主要包括对联的句式（句数、字数、结构）、节奏、用韵、平仄、对仗等。

【联格】对联的固定格式名称。多指嵌字对联对所嵌字位置的限制。古人用吉祥动物最突出的部位来形象说明联格特点，如嵌在第一字至第七字分别用凤顶、燕领、鸢肩、蜂腰、鹤膝、凫胫、雁足为联格命名。

【集句联】摘取他人诗文成句而成的对联。

【集字联】摘取他人诗文字词而成的对联。

【对课】旧时私塾教学生作诗的一种方法。教书先生出上句，由学生来对下句。也称课对。

【典故】典制和掌故。诗文所称引的古书中的事情或词句。

【用典】引用典故。对联中运用典故，显得更加高雅。又称出典。

【僻典】很少有人知道或极少被人引用的典故。

【生字】不认识、不理解的字。写作春联不能用生字、僻典，要写得通俗易懂，让普通人一看便知道你写的是什么。

【化用】根据表达的需要，灵活借用别人诗文中的词或句子，进行艺术再创作。

【修辞】修饰文字词句。对联的修辞指选择最优美的语言，灵活运用各种技巧，使对联显得内涵深刻、形象生动、妙趣横生，达到令人叹为观止、拍案叫绝的效果。

【词】萌芽于南朝，形成于唐代，盛行于宋代的一种新诗体，也属韵文。因句子长短不等，所以又称为长短句。因词是按谱填词、和乐歌唱的，因此唐、五代时又称为曲、杂曲或曲子词。

【长短句】词的别名。

【词律】词的格律，包括字数、句式、对仗、平仄、领字等。词的字数长短不一，它的形成，促进了对联由五言、七言向多言的发展。

【词谱】集录各种词调格式、供填词使用的书。

【阕】词的专用量词。一曲终了为阕，因此一首词又叫一阕。双调词的前一段为上阕，后一段为下阕。有些词上下阕字数、句子长短形式完全相同。

【曲】宋代以后兴起的，盛行于元、明时期的一种韵文，分为戏曲（包括杂剧、传奇等）和散曲两类。一支曲可以单唱，几支曲可以合成一套，也可以用几套曲子写成戏曲。与词的体式相近，但格律放宽，使用衬字，多用口语，对楹联影响最大。唐、五代时称词为曲。

【曲律】曲的格律，主要指曲调、宫调、曲韵、曲字的四声、使用衬字等。曲的平仄通押、衬字及语言风格对楹联的影响很大。

【领字】词、曲和对联中，在句前起统领作用的字。对联领字是词、曲领字的发展，其平仄要求一般不严。领字有一字领、二字领、三字领三种。（详见附录四：对联常用领字。）

领字为一字的叫一字领，因其后可略加停顿，也称"一字豆（逗）"。

领字多用动词，可领一句，如无锡落霞亭联：

招三两渔樵，春夏秋冬良夜；
揽万千气象，雨烟风雪斜阳。

领两句，如吉林北山玉皇阁联：

绝妙朋游，有明月一杯，好山四座；
是何意态，看大江东去，秋色西来。

领三句或三句以上，如山东邹城孟子庙联：

舍伯夷之清，伊尹之任，柳惠之和，愿学孔子；
能富贵不淫，贫贱不移，威武不屈，此谓丈夫。

领字为二字的叫二字领，多用动词或偏正结构词组，如"如得""总是""此老""其人"等。可领两句、三句或三句以上，如成都武侯祠联：

此老不工画，不善书，不精杂诗，压倒蜀魏吴中几多伪士；
其人可托孤，可寄命，可临大节，算来夏商周后一个纯臣。

领字为三字的叫三字领，多用动词或偏正词组，如"莫辜负""只赢得"等。可领三句或三句以上，常见的为领四句，如昆明滇池大观楼长联：

……莫辜负四围香稻，万顷晴沙，九夏芙蓉，三春杨柳；
……只赢得几杵疏钟，半江渔火，两行秋雁，一枕清霜。

【二十九种对】日本遍照金刚《文镜秘府论》总结中国古代众家诗论，合为二十九种对仗类型，按其顺序为：的名对（正对、正名对）、隔句对、双拟对、联绵对、互成对、异类对、赋体对、双声对、叠韵对、回文对、意对、平对、奇对、同对、字对、声对、侧对、邻近对、交络对、当句对、含境对、背体对、偏对、双虚实对、假对、切侧对、双声侧对、叠韵侧对、总不对对。

【联墨】对联书法真迹，既是对联作品，又是书法作品。

【联话】与诗话、词话相仿佛的一种文体，为清人梁章钜所创。以《楹联丛话》（1840年）、《楹联续话》（1843年）、《楹联三话》（1847年）为代表。属笔记文学，继而成为联书的一大门类。这种联话，可记实，可摘引，可评论，可辨正，长短不拘，详略不定，数量不限，灵活自由，保存史料丰富，是研究对联的重要资料。

【征联】以团体或个人名义主办的，围绕特定主题，在特定范围内举办的征求对联的活动。范围有全国性的，有地域性的。主题分政治、民俗、名胜、商业等。方式主要有两种：一是公布上联，征求下联；二是提出某一主题，征集上下联。前者为出句求偶，后者则为征自撰联。

第二章 对联的文体艺术

第一节 对联的平仄与句式

一、短联的平仄格式

对联的句式,有长短联之分。七言联以下短联的平仄格式,主要有如下固定的平仄句式:

1.二言联句式:

(1)仄仄;平平

白庙;红桥。

(2)平仄;仄平

天体;地根。

2.三言联句式:

(1)平平仄;仄仄平

牛须草;马面菘。

(2)仄平仄;平仄平

六神曲;三妙青。

3.四言联句式：
  （1）平平仄仄；仄仄平平
      风调雨顺；国泰民安。

  （2）仄平平仄，平仄仄平
      志存千里；心醉六经。

4.五言联句式：
  （1）仄仄平平仄，平平仄仄平
      洞里乾坤别；山中日月长。

  （2）平平平仄仄，仄仄仄平平
      声驱千骑疾；气卷万山来。

5.六言联句式：
  仄仄平平仄仄；平平仄仄平平
      汉柏秦松骨气；商彝夏鼎精神。

六言联少有平起句式，平起句式不是标准的六言句式，而是一种变格联。如清代对联大家吴恭亨贺人婚联：

  平平仄仄平仄；仄仄平平平平
      夫夫妇妇今日；子子孙孙他年。

六言联若以"一三五不论"的原则，可变化为几种平仄句式的变格联。如下两联：
  （1）仄仄平平平仄；平平平仄平平
      竹雨松风琴韵；茶烟梧月书声。

（2）仄仄平平仄仄；仄平平仄平平

骏马秋风塞北；杏花春雨江南。

六言联这两种格式，对照一下节奏点的平仄，实际为一种，并不多见。

6.七言联句式：

（1）平平仄仄平平仄；仄仄平平仄仄平

春情寄语千条柳；世第流芳万卷书。

（2）仄仄平平平仄仄；平平仄仄仄平平

仰笑宛离天尺五；凭临恰在水中央。①

七言以上的长联没有固定的格式。撰写长联，必须有一定的诗文、辞赋的功底，读过较多的韵书，熟悉声律，才能写好。初学者最好从短联入手，以二、三言联为基础，通过添加字词，慢慢尝试，万勿一开始就学写长联，那样既写不好，又浪费时间。

二、对联的句法结构

1.主谓式：一联的上下联分别由主语、谓语组成的句式。如浙江富春江严子陵祠联：

钓者不在鱼也；
先生其犹龙乎。

---

① 根据"一三五不论"的原则，上联第三字"宛"字处可平可仄。

2.无主句式:一联中的上下联,都没有主语或不需要补上主语的句式。如集句联:

劝君更进一杯酒;
与尔同销万古愁。

3.包孕句式:一联中大句套小句的句式,也称"句中句"。如成都昭烈帝庙联:

帝本燕人,犹向乡祠崇百祀;
蜀为正统,漫言天下尚三分。

4.倒装句式:一联中将宾语提到谓语之前的句式。如连云港水帘洞联:

百丈水帘,自古无人能手卷;
一轮月镜,迄今何匠敢行磨。

5.独词句式:一联中用一个叹词,或用一个单字词语构成的句式。如杭州西湖岳飞坟前,秦桧及其妻王氏颈上所挂之联:

咳,仆本丧心,有贤妻何至若是;
啐,妇虽长舌,非老贼不到今朝。

三、多言联句式的组合

字数较多需要断句的对联,称为多言联。多言联的平仄,应遵循对联组合原则,每一子句的平仄,都应符合二、三、四、五、六、七言的格式。各个子句字数多少的组合,也有常例。

1.八言联的句式:通常为"四四"句式,少有"三五"和"五三"句式。如八言贺婚联:

箫引凤凰,春生斑管;
杯浮竹叶,香到梅花。

2.九言联的句式:主要是"四五"句式或"五四"句式。如武汉黄鹤楼一副"四五"句式联:

太白无诗,独留千古恨;
长安不见,更上一层楼。

又如郑燮题北京广安门外白云观华室一副"五四"句式联:

咬定一两句,终身得力;
栽成六七竿,四壁皆清。

白云观是全真派著名道观,创建于唐代,曾称天长观、太极宫、长春宫,于清代重建。这上联讲的是读经,意思是要把道教经典中最精要的内容理解消化,牢固掌握并身体力行,才能终身受益。下联讲的是种竹,栽培好六七竿,就可使四壁清光弥漫,达到道教"清"的至高境界。

九言联也有"三三三"句式,但极少,恕不举例。

3. 十言联的句式:主要是"四六"句式或"六四"句式,少有"五五"句式。苏州横塘驿站亭一副"四六"句式联:

客到烹茶,旅舍权当东道;
灯悬待月,邮亭远映胥江。

贺蜜饯店的"六四"句式联:

四面蜜饯名产,色色俱备;
八方干鲜果品,源源运来。

4. 十一言联的句式:通常为"四七"句式或"五六""七四"句式,也有"三三五"句式。如"四七"句式的春联:

美景良辰,喜见天时初转泰;
光风霁月,幸逢人事又重新。

杭州西湖三潭印月的"五六"句式联：

万井桑麻中，点缀六桥烟柳；
一城灯火下，辉映十里湖天。

5.十二言联的句式：主要是"五七"句式。如杭州秋瑾墓联：

巾帼拜英雄，求仁得仁又何怨；
亭台悲风雨，虽死不死终自由。

也有"七五"句式的十二言联。如杭州灵隐寺天王殿联：

峰峦或再有飞来，坐山门老等；
泉水已渐生暖意，放笑脸相迎。

"四四四"句式、"六六"句式及"五三四"句式的十二言联比较少见，不再一一举例。

由此可见，多言联包含着若干个短联，各种句式的组合为撰写长联创造了条件。

四、对联的拗句与补救

格律诗中平仄不依常格的句子，叫作拗句。对联相当于律诗中的一联（两句），因此，凡不合常格的对联也称拗句。为了调整拗句的平仄，使之相谐而进行补救，称作拗救。一般方法是：上句在什么位置拗，下句在什么位置救；本句拗，本句救；前字拗，隔字救。对联的拗救分上联救和下联救两种。

五言联平起仄收句，上联第三字拗，用第四字救，把"平平平仄仄"改为"平平仄平仄"。如峨眉山清音阁牛心亭联：

双飞两虹影；
万古一牛心。

同样，七言联仄起仄收句，上联在第五字拗，用第六字救。这是上联自救。五言联仄起仄收句，上联第三字用了仄，可把下联第三字改为平来补救。同样，七言联平起仄收句，上联第五字用了仄，下联第五字用平声字来补救。这是下联补救。由于上联只能仄收，因此，对联的拗救比起律诗要简单得多。

第二节 对联的对仗

对联这一文体是以对仗为基础的。如果没有对仗，那就不是对联了。对仗处理不当，便为对仗不工。所谓

"工",就是工整、严格和规范。所以评判对联的优劣,其中对仗"工"与"宽"是一条重要的衡量标准。

一、对偶与对仗

对偶,指运用字数相等、结构相同或相似的一对词组或句子,来表达相关或相反内容的一种修辞方式。对偶的运用由来已久,其发展经历了曲折的演变过程。

先秦时期,对偶的运用已相当普遍。"岂营丽辞,率然对尔。"这就是说,先秦时并不是有心要用对偶,只是不经意地"偶然"对上了。这说明,当时对偶运用还是处于自然状态,并不刻意讲求。这时期对偶的特点是"奇偶适变,排俪并用"。大多虽上下句结构一致,词性相当,字数相等,但不追求工整,甚至不避重词。如屈原的《离骚》:

朝发轫于天津兮,
夕余至乎西极。

路漫漫其修远兮,
吾将上下而求索。

两汉时期,对偶在诗歌、散文中得到了发展。魏晋时期,骈文兴起,为文必骈,通篇皆对,过于注重形式。在唐代诗歌中，随着律诗的兴盛，严对过于工巧苛细，对偶发展到了一个极点。宋词、元曲中的对偶打破了唐诗严对的束缚，走向了宽对。明清以来，对偶恰当运用于多种文体。

对联来源于对偶，对偶发展为对联。对偶是一种修辞手法，讲究结构相称，字数相等。

对联是以对偶修辞格为基础的一种文体，最直接地继承了律诗中对仗的方式。

对仗，本来是古代百官公开奏事的方式。"仗"是古代皇帝上朝时宫殿上的仪仗队及其所持的仪仗。古时皇帝坐朝听政，必设仪仗，百官当廷言事，无所隐秘，故称。《唐会要》卷二十五"百官奏事"："百官及奏事，皆合对仗公言，比日以来，多仗下独奏。宜申明旧制，告语令知，如缘曹司细务及有秘密不可对仗奏者，听仗下奏。"显然，对仗乃"对仗奏事"的简称。因为仪仗队和仪仗都是两两相对的，被用来比喻诗文中的对偶字词。

对联的对仗，即按照字音平仄相对和字义虚实作成的对偶的上下两联。其基本要求主要包括：

1.把同类或对立概念的词并列起来形成一组。对联是两个一组，构成上下两联。

2.并列在一起的概念，从语法角度上说，要求注意以下几点：

（1）在词类上，最好是同类的词语相对。例如，名词对名词，代词对代词，动词对动词，等等。

（2）在语法结构上，相对的词语应该结构相同。例如，并列结构的，偏正结构的，动宾结构的，动补结构的，联绵词类的，虚词类型的，应各自为对。如确实做不到，动宾结构对动补结构也可以，并列结构的对联绵词也还行，但并列结构对偏正结构就很不工整了。

（3）在字数上，一个字对一个字，这是起码的、不能通融的要求。例如用"冰淇淋"对"雪糕"，三个字对两个字，绝对不行。从词法的角度说，即单音词对单音词，双音词对双音词，多音词对多音词。

3.相对应的位置上，上下联不能出现相同的字词。

4.在音韵上，还要求平仄相对。

对联的对仗须从律诗的对仗说起。对联主要是吸收和借鉴了律诗的对仗形式，但它不受律诗中颔联和颈联对仗的约束，而是形成了自身特有的、多样的对仗方式。唐代，在南朝齐、梁诗歌的基础上，形成了讲究平仄对偶、格律严谨的近体诗。对仗是近体诗的重要组成：排律除首尾两联外，其余各联都必须对仗；五律、七律的中间四句两联对仗为常格；绝句中也常用对仗。如唐代王湾五律《次北固山下》的颔联和颈联：

潮平两岸阔，风正一帆悬。
海日生残夜，江春入旧年。

又如王维《积雨辋川庄作》的颔联和颈联：

漠漠水田飞白鹭，阴阴夏木啭黄鹂。
山中习静观朝槿，松下清斋折露葵。

这两首诗中颔联和颈联的对仗，是相当严格的。

当代语言学家王力在《诗词格律学》中说，律诗的对仗是十分彻底的。从句式、词性、节奏到平仄，各方面的对仗要求极为严格。主要对仗方法有正对、反对、串对、自对、借对等。从严密程度上，对仗可分为工对与宽对。

二、对仗内容

对联对仗的内容，主要包括词性对仗、结构对仗、节奏对仗和平仄对仗四个方面。

（一）词性对仗

古代汉语和现代汉语词的分类相差不大，分为实词、虚词两个大类，具体包括名词、代词、动词、形容词、数词、量词、副词、助词、介词、连词、叹词等。每个词类又可细分为多个小类。王力在《诗词格律学》中将名词分为十一个小类：天文、时令、地理、宫室、服饰、器用、植物、动物、人伦、人事、形体。上下联在相应位置上的词语要词性相同。

1. 名词对名词。如这副地理联：

青山不语花含笑；
流水无声鸟作歌。

2.代词对代词。如贺女寿通用联：

此日萱庭登七秩；
他年阆苑祝期颐。

3.动词对动词。如民国联家杨度书写的这副对联（摘自唐代李端的《题崔端公园林》）：

抱琴看鹤去；
枕石待云归。

4.形容词对形容词。如上海豫园三穗堂联：

山墅深藏，峰高树古；
湖亭遥对，桥曲波皱。

5.数量词对数量词。数词和量词合称为数量词。诗词中的数目字自成一类，"孤""半"等也是数目字。如曹雪芹《红楼梦》大观园沁芳亭联：

绕堤柳借三篙翠;
隔岸花分一脉香。

上海豫园湖心亭联:

野烟千叠石在水;
渔唱一声人过桥。

6.副词对副词。如明代胡居仁劝学联:

苟有恒,何必三更眠五更起;
最无益,莫过一日曝十日寒。

7.助词对助词。如清代学者顾曾烜集王实甫的《西厢记》和高明《琵琶记》的戏曲联:

愿天下有情人,都成了眷属;
是前生注定事,莫错过姻缘。

国学大师陈寅恪1932年代为清华大学国文系入学考试出的出句和应试学生、后来成为北大著名教授的周祖谟对的对句:

孙行者；
胡适之。

8. 介词对介词。如南昌滕王阁联：

白云自向杯中落；
小艇原从天上来。

9. 连词对连词。如清代梁章钜题华山华岳庙联：

鸳瓦贴云霄，俯挹明星兼玉女；
虎贲卧庭庑，犹强周柏与秦松。

10. 叹词对叹词。如南阳一土地庙联：

噫，天下事，天下事；
咳，世间人，世间人。

另外，需要注意的是，对联中的联绵词（又称为联绵字）只能跟联绵词相对。联绵词可分为名词性联绵词（鸳鸯、鹦鹉）、形容词性联绵词（磅礴、逶迤）、动词性联绵词（踌躇、荏苒），不同词性的联绵词一般是不能相对的。

（二）结构对仗

所谓结构对仗，主要是说上下联的句式结构要相同或相近。对联常用的句式结构有：主谓式结构、无主句式结构、包孕句式结构、倒装句式结构、独词句式结构，等等。这些句式结构，在"对联的句法结构"中已有介绍，这里不再复述了。

（三）节奏对仗

节奏是古代韵文的重要内容。尤其是诗，可以通过停顿和韵律的变化，造成和谐的音乐美。当然对联中的节奏也有这样的效力。所谓节奏对仗，指的是上下联的节奏是相同的。这个节奏，包括语意节奏和声律节奏两个方面。详见"对联的主要术语"一节中的相关条目。

（四）平仄对仗

工对对联在上下联处于句法结构相同位置的词，不仅应该词性相同、节奏一致，还要平仄相对，即上联用平声的位置，下联则要用仄声。很多人写对联，尤其是初学写对联的人，就在这个方面理解错了。比如在上下联应该严格的地方（例如句腰），用错了平仄，使对联读起来很乏味，甚至形成平仄（音律）的"合掌"。

三、对仗程度

（一）严对

严对，确切来说应该称为工对。由于后面要谈到宽对，这里姑且用"严对"与之相区别。完全按词性相同、结构相同、节奏相同、在节奏点上平仄相对的要求所撰的对联称为严对。前面已谈了词性方面的对仗要求，其实还有更为严格的义类方面的要求。

1. 同类词对仗

在前面举例讲述的词类中，古人更为重视的是从形容词里分出的颜色词、从名词里分出的方位词以及数词。如保定公园联：

丹花绿树锦绣谷；
清澜白石玻璃江。

联中的"丹""绿""白"为颜色词，"清"是一般的形容词。"清"在这里借其同音的"青"，与"白"自对，与"丹"相对。借"清"为"青"，在借音对中最为常见。

梅州黄遵宪为清代首个驻日公使馆题撰的抱柱联：

放眼楼头，看海水南流，夕阳西下；
寄怀天末，咏京华北望，零雨东归。

"北"对"南"，"东"对"西"，为方位词对。

每个词类下，根据意义，又能分出众多小类，比如名词又可细分为如下十四个小类。小类对仗，便是更为严格意义上的工对了。

（1）天文类。如镇江焦山联：

江月不随流水去；
天风直送海涛来。

（2）时令类。如通用挽女联：

花落萱帏春去早；
光寒鹔宿夜来沉。

（3）地理类。如通用经典春联：

青山不语花会笑；
流水无声鸟作歌。

（4）宫室类。如通用居室联：

祥云欣绕室；
瑞气喜临门。

（5）器物类。如通用裁缝店联：

敢谓金针能度世；
莫夸玉尺可量才。

（6）衣饰类。如桂林阳朔画山联：

水作青罗带；
山如碧玉簪。

（7）饮食类。如通用食品店联：

青葱绿果应时制；
白莲红茶自古珍。

（8）文具类。如通用书画店联：

片纸能缩天下意；
一笔可画古今情。

（9）文学类。如通用书房联：

文比韩公能识字；
诗追杜老转多师。

（10）草木类。如吉林龙潭山联：

龙峰疏柳笼烟暖；
潭水劲松锁月寒。

（11）动物类。如通用婚联：

一对鸳鸯成好梦；
五更鸾凤唤新声。

（12）形体类。如黄山歙县太白楼联：

四壁云山开醉眼；
一楼风月话诗心。

（13）人事类。如柳州柳侯祠联：

洁廉为心，忠信为仗；
文章在册，功德在民。

（14）人伦类。如谐趣联：

稻草捆秧父抱子；
竹篮装笋母怀儿。

2.专用词对仗

专用词是特殊的名词,专用词对仗主要有:
(1)人名对。如宜宾烈士陵园联:

唐来杜甫,宋来涪翁,遗迹尚存山焕彩;
前有刘华,后有一曼,英风长继地增辉。

(2)地名对。如纪昀题泰山联:

泰山石,稀烂挺硬;
黄河水,翻滚冰凉。

(3)书名对。如开封宋园联:

樊楼灯火,梁苑烟花,如读东京梦华录;
何氏山林,谢家池阁,曾绘西园雅集图。

(4)文名对。如襄阳武侯祠联:

智谋隆中对,三分天下;
壮烈出师表,一片丹心。

(5)戏名对。如杭州盖叫天寿坟联:

英名盖世三岔口；
杰作惊天十字坡。

（6）药名对。如：

稚子牵牛耕熟地；
将军打马过常山。

稚子、牵牛、熟地、将军、打马、常山都是中药名。

（7）词牌、曲牌名巧对。如：

水仙子持碧玉箫，风前吹出声声慢；
虞美人穿红绣鞋，月下引来步步娇。

3. 反义词对仗

反义词对仗，与前面所说的词性对仗没有什么本质上的区别，只是意义上具有对立关系，如"有"对"无"，"生"对"死"，"开"对"关"等。有些在意义上也算不上对立关系，而是由于语言习惯使它们对立起来的，如"春"对"秋"，"黑"对"白"等。

（二）宽对

宽对是相对于严对而言的，并非对仗不严，只是在对仗的尺度上适当放宽。严对的规矩多，多半是带理论色彩的,实际很难做到;宽对相对灵活些,现实中比较实用。宽对对联是在对仗上放宽要求而保持对仗基本特点的对联,具体而言:在语法结构上,主要句子成分应对仗;在节奏上,粗分应对仗;在词语分类上,打破名词各小类相对的界限;在实际运用中,为达到特殊的联意和内容的相对统一,在词性对仗方面较宽容,可以形容词对动词、副词对助词;在声律中,不是严格的地方(非对联的句腰或联尾),为了不影响对联的整体联意,可以适当放宽平仄。

1. 放宽结构对仗

我们知道,严对要求上下联结构、句式、节奏相同,但绝大多数对联都做不到这一点。为了内容的需要,可以进行结构上的变通,便成了宽对。

(1)主要句子成分(主语、谓语)俱备,各种句子成分可以有增减、移位的变化。如开封信陵君庙的这一联:

大河南北望;
万里风云通。

上下联都是主谓句式,其语法结构可分析为:大河(主语)—南北(状语)—望(谓语),万里(定语)—风云(主语)—通(谓语)。除了谓语位置相同外,其他都有变化。显然,这是为了对仗(使"南北"与"风云"能在同一位置）的需要而做的变通。

再如通用书房联：

　　风月有情常似旧；
　　丹青妙处不可传。

上联的语法结构为：风月（主语）—有（谓语）—情（宾语）—常似旧（补语），下联的语法结构为：丹青（定语）—妙处（主语）—不可（状语）—传（谓语）。这样，连主谓语的位置也完全不同了。

（2）主谓句和无主句，可在联中上下对仗出现。如这副挽联：

　　犹似昨日共笑语；
　　恍惚今时汝尚存。

上联是无主句，"共"为谓语，"笑语"为宾语；下联为主谓句，"汝"为主语，"存"为谓语。

上面这两种情况能对仗，是因为上下联在结构上有相似之处，都有简单谓语；而且，在短联中，"无主语"与"省略主语"，也不容易分得很清。主谓句与其他句式相差较大，不能在同一联中同时出现；否则，就属于对仗不工，而不是什么宽对了。

2.放宽词性对仗

人们谈宽对,主要指放宽词性的尺度。词性对仗的尺度伸缩性相当大。比如名词各小类间没有界限了,各小类可以任意取对,这种情况在诗词中称为"邻对",即相邻的小类对仗。在前面所说的十四个名词小类中,何以为"邻"是不一定的,任何一类,都可以与其他十三类为"邻"。如杭州龙井的这一副对联:

诗写梅花月;
茶煎谷雨春。

联中有四对构成对仗的名词,它们两两都不属于同一小类:"诗"为文学类,"茶"为饮食类;"梅"为草木类,"谷"为饮食类;"花"为草木类,"雨"为天文类;"月"为天文类,"春"为时令类。

都江堰李冰父子庙联:

一门两禹;
六字千秋。

"门"和"字"、"禹"和"秋",名词对名词,小类不同。

这样看来,以上两副对联都是典型的邻对。

需要指出的是,绝大多数对联都是邻对,甚至不能轻易地找到名词小类严格对仗的对联。邻对没有规律可循，即使我们全部找到联例，也无济于事。这为对联创作提供了灵活性的依据，撰联时可以任意使用各类名词，而不必有对仗欠佳的后顾之忧。

宽对的词性对仗，可以专用词对非专用词，代词与名词、动词与形容词也可以互为对仗。如广州越秀山观音阁联：

现大士化身，问谁仙佛因缘在；
即越王遗迹，从古英雄感慨多。

"谁"与"古"是代词对名词，"在"与"多"是动词对形容词。

宽对的名词还可与形容词对。如清代学者李春园题撰的南昌滕王阁联：

我辈复登临，目极湖山千里而外；
奇文共欣赏，人在水天一色之中。

当然还有更"宽"的，甚至有实词对虚词的。对联写作毕竟以意为主，形式要服从于内容表达的需要。

另外，宽对还允许有条件地放宽语意节奏、声律节奏，这里就恕不举例了。

四、对仗形式

1. 正对

正对指上下联内容相近或相关的对仗现象。如明代解缙撰写的著名讽喻联：

> 墙上芦苇，头重脚轻根底浅；
> 山间竹笋，嘴尖皮厚腹中空。

"墙"对"山"，"芦苇"对"竹笋"，"头"对"嘴"，"脚"对"皮"，"根"对"腹"，是名词对名词；"重"对"尖"，"轻"对"厚"，"浅"对"空"，为形容词对形容词；"上"对"间"，"底"对"中"，为方位词对方位词。上下联都是主谓结构，而且主语部分都是偏正结构，谓语部分都是联合结构。这一联的词语结构相应，词类相同，是一副地道的工对的正对对联。

郭沫若题的成都桂湖联，也是一副很好的正对对联：

> 桂蕊飘香，美哉乐土；
> 湖光增色，换了人间。

明代正德、嘉靖年间，著名学者杨慎在此遍植桂树，兴建园林。此联以"鹤顶格"巧嵌"桂湖"二字，中心突出，描绘景物，切景切情。联语颂扬秀美河山，"哉"和"了"两个虚词，使得句式轻松活泼，别具一格。"桂蕊"和"湖光"都是偏正结构；"飘香"与"增色"都是动宾结构；"美哉"对"换了"，前面是形容词加助词，后面是动词加助词，对仗略有不工；"乐土"与"人间"同属名词。整联对仗还是比较工整的。

多数对联取正对方法构成的正对，表现为侧面不同。对一个景点来说，常常通过两个画面来构成。如无锡梅园联，属正对中的宽对：

千树梅花半轮月；
万家灯火一帆风。

正对的表现还有分述。如晚清著名爱国诗人丘逢甲题撰的台南郑成功祠庙联：

由秀才封王，主持半壁旧河山，为天下读书人，顿生颜色；
驱外夷出境，开辟千秋新事业，愿中国有志者，再鼓雄风。

上联说郑成功由秀才被封为延平郡王，下联说他从厦门率军在台湾赶走了荷兰殖民者。这是他一生的主要业绩，也是后人纪念他的主要原因。此联属正对中的宽对。

2. 反对

反对指上下联内容相反的对仗现象。如"长联圣手"钟云舫的一副春联：

大大方方做事；
简简单单过年。

上联说的是做事，下联却说过年，地地道道的反对。

刘勰在《文心雕龙·丽辞》中说："反对为优，正对为劣。"这一法则在对联中一般也适用，但要具体分析，不宜过分强调，更不宜绝对化。

3. 串对

串对指将一个意思分成两句来表达，并形成对仗的现象。上下两句在内容、意义、语气上不是相对立而是相连贯的，如行云流水一样自然顺畅，所以又叫流水对。像复句一样，上下联可以构成多种复合关系。如镇江甘露寺更上楼联：

到此已穷千里目；
谁知才上一层楼。

此联是化用唐代诗人王之涣《登鹳雀楼》"欲穷千里目，

更上一层楼"的诗意而来的。更上一层楼，才能目极千里。上联中"已穷千里"了，不是"更上"的结果；突然转为"才上一层"，令人遐想，若登到楼之最高处，目之所及，更是无穷无尽了。

长沙岳麓山联：

直登云麓三千丈；
来看长沙百万家。

联中的"登"是为了"看"，把一句话分成两半说，联意自然连贯。

四川德阳白马关靖侯联：

明知落凤存先帝；
甘让卧龙作老臣。

蜀国副军师庞统，号凤雏。刘备和庞统进军雒城，庞统因为马失前蹄，刘备便将自己骑的白马换给他。行至落凤坡，守将张任以骑白马者为刘备，令乱箭射之。庞统被射死，刘备却幸免一难。庞统死后被封靖侯，建祠祭祀，诸葛亮为其题写这副祠联。上联写庞统的牺牲精神，下联交代牺牲动机，是一副很好的串对。

五、对仗技巧

对联的严与宽,是就对仗的严格程度而言的;正对、反对、串对,是就对仗内容的联系方式来说的。但无论哪一种,都要讲究对仗的技巧。

1. 自对

自对又叫当句对、句中自对,即一句之中某些词语自成对偶。王力在《汉语诗律学》中总结了这种对仗技巧:"先在出句里用并行语作成颇工的对偶,然后在对句里也用并行语作成颇工的对偶。这样,既自对又相对,虽宽而亦工。"

对联格律采用的是诗律。对联的自对与诗的自对,道理一样,但要复杂一些。因为律诗的一句只有五言或七言,只能为并行语自对;而对联的字数没有限制,除词、词组、并行语可自对外,还可以句子自对。

(1)一字自对。如四言春联:

云霞呈秀;
梅柳争春。

上联中的"云"与"霞"、下联中的"梅"与"柳"构成一字自对,再作为词组,上下相对。全联参与相对的有四个字,像四根立柱一样撑起全联,故称为"四柱对"。

自对还有两字自对，多字自对，全联自对。半联里出现一次自对的叫一相自对，出现二次的叫二相自对，出现三次的叫三相自对。

（2）多字自对。如清代阮元题杭州府贡院联：

下笔千言，正桂子香时，槐花黄后；
出门一笑，看西湖月满，东浙潮来。

上联的"桂子香时，槐花黄后"与下联的"西湖月满，东浙潮来"，并不构成对仗，但阮元利用特殊的对仗技巧，形成四个句中自对，读来很有气势。句中自对，是胜景联中最常见的对仗技法。

（3）全联自对。如当代学者莫砺锋题南京大学南楼抱柱联：

东吴胜地，江涌银涛，山腾紫气，惟此龙盘虎踞；
南国名庠，道臻诚朴，术造精微，共谁鱼跃鸢飞。

上下联乍一看不能相对，但其采用的是自对修辞技巧。上联以"东吴胜地"破题，下联以"南国名庠"应对上联；上联"江涌银涛"，与平行词"山腾紫气"相对；下联"道臻诚朴"，与平行词"术造精微"相对；第四分句上联句中"龙盘"自对"虎踞"，下联"鱼跃"自对"鸢飞"；

下联"共谁",应对上联"惟此"。纵观全联,上下联词性相同,结构一致,又两两相对,全联对仗工整,平仄和谐。

(4)长联自对。如孙髯题的昆明大观楼长联:

……看东骧神骏,西翥灵仪,北走蜿蜒,南翔缟素,……趁蟹屿螺洲,梳裹就风鬟雾鬓;更蘋天苇地,点缀些翠羽丹霞。莫辜负四围香稻,万顷晴沙,九夏芙蓉,三春杨柳;

……想汉习楼船,唐标铁柱,宋挥玉斧,元跨革囊,……尽珠帘画栋,卷不及暮雨朝云;便断碣残碑,都付与苍烟落照。只赢得几杵疏钟,半江渔火,两行秋雁,一枕清霜。

从上下联第一个领字后看,连续采用句中自对的方式,造成一种类似辞赋中的铺陈效果。长联的这种写法,是从戏曲和散曲那里学来的。选取的这部分,上下联皆有三组句中自对:第一组是四个重叠句自对;第二组有四个分句,两两自对;第三组又是四个重叠句自对。

对联的自对,自由度是较大的。可以是上下联各成自对,又上下联两两相对。如当代对联大家郭沫若题的济南李清照纪念堂联:

大明湖畔，趵突泉边，故居在垂杨深处；
　　漱玉集中，金石录里，文采有后主遗风。

清人成多禄题吉林北山玉皇阁联：

　　绝妙朋游，有明月一杯，好山四座；
　　是何意态，看大江东去，秋色西来。

上下联各成自对，但上下联在词性、结构上都并不相对。对联的对仗允许这种自由，但必须有一个前提：上下联都在相同的位置上，以相同的字数自对，仅半（或上或下）联自对，是不允许的。

（5）虾须对。本联开头两句自对，又上下联相对。自对的前两句并列，全联状如虾须，故名。其形式特点是："虾须式对，结句必长。"如寿联：

　　萱花不老，芝草有根，已见一堂罗五代；
　　八秩初开，百龄将届，如从首夏祝长春。

上联的"萱花不老"与"芝草有根"自成为对，第三句"一堂"又与"五代"相对；下联与上联一样。全联可以表示成下面的形式：

（上联的起句）萱花不老，
　　（上联的结句）已见一堂罗五代；
（上联第二句）芝草有根，

（下联的起句）八秩初开，
　　（下联的结句）如从首夏祝长春。
（下联第二句）百龄将届，

（6）燕尾对。本联末尾两句自对，又上下联相对。自对的末两句并列，全联状如燕尾双剪，故名。其形式特点是："燕尾式对，起句必长。"如杭州关帝庙联：

先武穆而神，大汉千古，大宋千古；
后文宣而圣，山东一人，山西一人。

上联"大汉千古"与"大宋千古"自成为对，下联"山东一人"与"山西一人"也自成一对。全联可以表示成下面的形式：

　　（上联第二句）大汉千古，
（上联的起句）先武穆而神，
　　（上联第三句）大宋千古；

　　（下联第二句）山东一人，
（下联的起句）后文宣而圣，
　　（下联第三句）山西一人。

2.借对

借对也是对仗的一种技巧。一个词有甲、乙两个意义或同音者有甲、乙二字，对联中的甲字，借用乙字与另一词相对仗。分借义对和借音对两种。

（1）借义。借用其义，形成借对的手法。下面这副对联的上联为乾隆皇帝出句，下联为纪昀应对：

南通州，北通州，南北通州通南北；
东当铺，西当铺，东西当铺当东西。

下联句末两字"东西"，意指当铺当的物件，但在这里是作为两个方位词与"南北"构成对仗，借用了它作为方位词的意义。

（2）借音。借用其音，形成借对的手法。如兰州河神庙联：

曾经沧海千层浪；
又上黄河一道桥。

借"沧"为"苍"，与"黄"相对（"苍"与"黄"为颜色名词）。又如保定公园联：

丹花绿树锦绣谷；
清澜白石玻璃江。

联中的"丹""绿""白"均为颜色词,唯"清"为一般形容词。实际上,这里是取"清"之同音字"青",与"白"自对,与"丹"相对。借"清"为"青",在对联借音对中最为常见。

(3)借上。无论借义还是借音,借上联的词语以应对下联的,叫借上。如:

沧海月明珠有泪;
蓝田日暖玉生烟。

借"沧"为"苍",对下联的"蓝"字。

(4)借下。与借上相反,借下联的词语以应对上联,叫借下。如:

灯明月明,照得大明一统;
君乐臣乐,求彼永乐万年。

下联"永乐"即是借明朝"永乐"年号,表达"永远安乐"之意。

3. 无情对

依靠巧妙构思,使得字面对仗工稳而意义绝不相关的对联,叫无情对。上下联内容越不相干,越能成为上佳联作。

民国时期的一则对联佳话，说来饶有趣味。据说当时上海滩有个洋酒商人，想在上海打开洋酒市场，于是请人设计了一个极其巧妙的办法：在当时全国发行量最大的《申报》，买了三天头版一块版面，头两天故意在这个显著地方"开天窗"（指报纸上出现一块空白，没有文字也没有图形）。要知道，报纸"开天窗"是件很大的事件，不但会引起读者注意，更会引起全社会轰动。果然，《申报》"开天窗"，全国对此议论纷纷。

第三天，在这"开天窗"的地方，登出一条重金征集"五月黄梅天"的上联的启事，轰动了全国。一时应征者如云。几天后，评出了获得重奖的上联："三星白兰地"。原来是"三星牌"白兰地酒！这样，"三星牌"白兰地酒家喻户晓，一举成名，不但畅销整个上海滩，其他城市也供不应求！

再看看这副著名的无情对：

三星白兰地；

五月黄梅天。

"三"对"五"（数字），"月"对"星"（天文），"黄"对"白"（颜色），"地"对"天"（天文）；连起来是"三星"对"五月"（天文），"白兰"对"黄梅"（花卉）。全联平仄和谐，对仗工整，词性相同，但上下联内容毫不相干。

这个著名的无情对，令当时的诗词楹联界、文人墨客拍案叫绝！

清末广东"怪联圣手"何淡如撰写的一副无情对，也堪称绝妙：

> 公门桃李争荣日；
> 法国荷兰比利时。

"公"对"法"，"门"对"国"，"桃李"对"荷兰"，"争荣"对"比利"，"日"对"时"，都是极工整的对仗。再看全联，上联出自《资治通鉴》："或谓狄仁杰曰：天下桃李，悉在公门矣。……"下联对句则为三个国家名。上下联的意义完全不相干。这副无情对，常被后世的联家作为撰联范例广为引用。

历史上有很多著名的无情对。如相传为明代才子李东阳和来访客人一起吟对的这副对联：

> 庭前花始放；
> 阁下李先生。

下联的"阁下"既是尊称，又指楼阁之下；"李"既指姓氏，又指李树；"先生"既是尊称，又指最先长出。妙趣横生，令人叫绝。

第二章 对联的文体艺术

晚清四大名臣曾国藩、左宗棠、李鸿章和张之洞也都是撰联高手，张之洞写过一副著名的无情对：

木已半枯休纵斧；
果然一点不相干。

他的名字，也被人写成一副著名的无情对：

张之洞；
陶然亭。

上联"张之洞"是这位著名的人物，下联"陶然亭"是北京的地名。上下联对仗工整，但内容毫不相干。

4.虚实对

虚实对是一种超越字、词之上的对仗方法，它着眼于上下联内容上的虚实相对。所谓"实"，可理解为具体的、看得见摸得着的，形成一种"画面"，给人以视觉、听觉、触觉的印象。反之，"虚"则是抽象的，只有概念或意象。

联中"实对"，多用于名胜联、居室联。如下面这副书房联：

鸟鸣千户竹；
书枕一床风。

有的则为上联写实,下联写虚。如这副春联:

梅开岭表;
春到人间。

上联写的是实景,"岭表"指岭南的两广一带;下联却虚拟想象,说春天到了,人间到处春色。

也有上联写虚,下联写实的。如武汉的古琴台(又名俞伯牙台)联:

志在高山,志在流水;
一客荷樵,一客听琴。

上联写虚,虚写其高山流水觅知音的理想,下联则实写到人。

虚实结合,成为虚实对,融景象和想象为一体,不仅能够最有效地避免合掌,还可以使内容更为浓缩,从而形成细密而又宏大的艺术境界。

第五节 对联的修辞

修辞是汉语语言学的一个分支,它是从表达方法、表达效果的角度研究语音、词汇、语法的运用的。对联的修辞，就是指选择最恰当的词句，灵活运用各种修辞技巧，使对联显得形象生动、内涵深刻，表现出很高的汉字使用技巧，达到令人叹为观止、拍案叫绝的艺术效果。在对联写作中，是否善于运用修辞，就如同一个人会不会打扮一样。有句俗话叫作："三分人材，七分打扮。"比如一个长得很漂亮的姑娘，因为不会打扮，看上去却很一般。另一个姑娘长相很一般，但她很会打扮，一经打扮，便增添了"七分"姿色，比那不会打扮却长得很漂亮的姑娘显得更漂亮。修辞，说白了，就是对语言的推敲、打扮。

对偶是一种修辞方法。对联是汉语对偶修辞格发展到极端的产物，它通过字数相等、结构相同、字音平仄相对的一对句子，表达相反、相关或相近的意思。值得注意的是，如果只是在对仗、平仄、句式等方面做得好，而文字内容平淡乏味，没有一点新奇之处，这种对联不会使人产生共鸣，也不会引起人注意。

对联是一种特殊的语言文学，除了形式上的对偶，更需要灵活运用其他多种修辞手法，例如：比拟、比喻、夸张、借代、衬托、反语、设问、反问、对反、排比、反复、接应、分总、顶真、回文、双关、复辞、节缩、置换、歧义、析字、叠字、嵌字、串组、同旁、缺隐、续填、绕口、摹绘、用典，等等。篇幅所限，下面仅挑选二十类常见的、较有代表性的修辞技法加以说明。

1. 比拟

比拟即用某种事物代指相似的事物,包括以人拟物,以物拟人,或把甲物当作乙物。比拟是对联中最常用的修辞方法,多为以物拟人。如春联:

松竹梅岁寒三友;
桃李杏春风一家。

2. 拟声

拟声即通过模拟声音达到某种效果。如下面这副对联,句末四字既表意,又拟声:

孩童上山将栗采,劈栗朴篦;
老翁入市担菱卖,倾菱空笼。

3. 比喻

比喻就是打比方,用具有类似特点的一事物来比方另一事物,有明喻、暗喻、借喻、反喻、回喻、倒喻等十几种变化形式。

最典型的是王力为桂林小广寒楼撰写的长联,上联连用了八个比喻词:

甲天下,名不虚传。奇似黄山,幽如青岛,雅同赤壁，佳拟紫金，高若鹫峰，穆方牯岭，妙逾雁荡，古比虎丘，激动着倜傥豪情：志奋鹍鹏，思存霄汉，目空培塿，胸涤尘埃，心旷神怡消块垒；

冠寰球，人皆向往。振衣独秀，探隐七星，寄傲伏波，放歌叠彩，泛舟象鼻，品茗月牙，赏雨花桥，赋诗芦笛，引起了联翩遐想：农甘陇亩，士乐缥缃，工展鸿图，商操胜算，河清海晏庆升平。

在对联创作中，短联使用比喻是最常见的，一般在上下联同时使用。如这一副明喻贺寿联：

福如东海长流水；
寿比南山不老松。

上下联用了两个比喻，将"福"比作"东海长流水"，将"寿"比作"南山不老松"。

下面这副对联题于南京莫愁湖，末句"莺花犹是六朝春"就是一个暗喻：

憾江上石头，抵不住迁流尘梦。柳枝何处，桃叶无踪，转羡他名将美人，燕息能留千古迹；

问湖边月色，照过了多少年华？玉树歌余，金莲舞后，收拾这残山剩水，莺花犹是六朝春。

暗喻也可以不用"是"之类的词语。如下面这联，相传是明末著名文学家冯梦龙所题：

宝塔七层，高举金鞭对白日；
长城万里，倒生牙齿啃青天。

联中把"宝塔"比作冷兵器的金鞭，将"长城"比作人的牙齿，很是形象。

4.借代

借代即不用人或事物本来的名称，借用与其关系密切的人或事物来代替。描写中秋的楹联常借用银盘、玉盘、明镜、飞轮、玉轮等指代月亮。如这两副中秋节联：

轮影渐移花树下；
镜光如挂玉楼头。

三五良宵，秋澄银汉；
大千世界，光满玉轮。

5.双关

双关是指利用语音和语义的条件，有意使语句具有双重意义，即"言在此却意在彼"。在对联创作中使用较多。如：

虽云毫末技意；
却是顶上功夫。

联中的"毫末"和"顶上"，一语双关，令人拍案叫绝。

6. 衬托

衬托就是用次要事物做陪衬来突出主要事物，有正衬和反衬两种。如镇江金山寺联，用的便是正衬：

帆远浮天阔；
江空得月多。

上联以"帆"之"远"来突出"天"之"阔"，下联则以"江"之"空"来衬托"月"之"多"照。

7. 叠字

叠字又叫叠词，即由两个或多个相同的字组成的词语。如杭州西湖湖山春社联：

翠翠红红，处处莺莺燕燕；
风风雨雨，年年暮暮朝朝。

上联"翠""红""处""莺""燕"五字叠用，下联"风""雨""年""暮""朝"五字叠用。这一联，如不用叠词，念都念不顺畅；用了叠词，不但自然流利，展现的画面也非常清晰。由此可见，在对联写作中，善用叠词，也会产生意想不到的效果。

8.夸张

夸张是在现实生活的基础上，对事物作扩大或缩小之刻意描述，以增强表达的效果。夸张的方法在对联中经常使用。如泰山南天门联：

门辟九霄，仰步三天胜迹；
阶崇万级，俯临千嶂奇观。

南天门如同开在"九霄"之上，可以感受到虚无缥缈的天庭仙境；往下观望，台阶万级，千嶂奇观尽收眼底。

9.设问

设问是心中早有预见，故意提问。有的不要求回答，有的自问自答，有的上联问下联答，还有的是此联问，另外一联答。

（1）不要求回答。如云南湖广会馆联：

故国人来，问流水桃花无恙；
大观楼近，较岳阳黄鹤如何？

（2）自问自答。如古代学子自勉联：

何物动人？二月杏花八月桂；
有谁催我？三更灯火五更鸡。

（3）上联问下联答。如下面这副有趣的问答联：

小婢何知，自负红颜违我命；
大人容禀，恐防绿帽戴君头。

一老富翁，见其婢女生得美艳，欲纳其为妾，遭到婢女拒绝，便出上联：你这个丫头知道什么，别以为长得漂亮就胆敢违抗老爷我的命令。婢女答道：容我禀告大人，你要纳我为妾，就怕以后会给老爷你戴上绿帽子啊。吓得富翁只好作罢。

（4）单设问联。如杭州灵隐寺飞来峰下的冷泉亭，有明代书法大家董其昌撰写的一副问联：

泉自几时冷起；
峰从何处飞来。

问联一出，答联众多，篇幅所限，仅选一副答联：

泉自源头冷起；
峰从天外飞来。

（5）不答自答。虽不见答语，其实已隐藏联中。如：

> 细雨密如丝，何机可织；
> 明霞红似锦，无剪堪裁。

联中"裁霞"和"织雨"均是浪漫想象，所以说是不答自答。

10. 反问

反问也叫反诘，也是无疑之问。反问联不求回答，问答都在联中。如郑燮书房联：

> 室雅何须大；
> 花香不在多。

11. 分总

对联中某些事物，有分述，有总述，叫分总，也叫总分。如：

> 雪月梅花三白夜；
> 酒灯人面一红时。

上联中的"雪""月""梅花"为分述，而"三白"是总述；下联的"酒""灯""人面"是分述，"一红"是总述。

有的只有总述,没有分述。如:

梅花开五福;
竹叶报三多。

上联的"五福"若要分述,则为"福禄寿康宁";下联的"三多"若要分述,则为"多福多寿多子"。

12.回文

回文是一种表现事物或事理相互关联的修辞技法。诗有回文诗,对联也有回文联。回文对,既可从头读起,也可从后读起。如:

秀山青水青山秀;
香柏古风古柏香。

清末时,广州珠江岸边濠畔街有一石埗头,也叫河泊所(隶属当时的水师衙门),据说"怪联圣手"何淡如在此题了一副回文对联:

船泊河下所;
所下河泊船。

相传,北京"天然居"曾以"客上天然居"来征下联，多年未有人对出。后来有人仍用这几个字，以"天"字作轴，对以无情对：

客上天然居；
居然天上客。

13.顶真

顶真也称顶针、联珠，前一分句的结尾字用作后一分句的开头字，使相邻的句子上递下接，前后蝉联。如通用的弥勒佛殿联：

大肚能容，容天下难容之事；
开口便笑，笑世间可笑之人。

长沙天心阁联：

天心阁，阁落鸽，鸽飞阁未飞；
水陆洲，洲停舟，舟流洲不流。

《解人颐》载，下面这副对联，为江南神童吴文应答客人出句而成：

蚕作茧，茧抽丝，织就绫罗缎匹；
兔生毫，毫作笔，写出锦绣文章。

广东人俗称厨师为"火头","怪联高手"何淡如写了一副顶真联：

水手落水，水鬼拉住水手手；
火头吹火，火星飞上火头头。

14. 析字

字有形、音、义三个要素。析字包括化形、谐音、衍义三种，其中化形最常用。采用拼拆字形的技巧，或把几个字合成一个字，或者把一个字拆成几个字，构成析字联。

从前一个穷秀才，屡试屡败，有人见他失意，悄悄在他门上写了一句"此木为柴山山出"。意思说他没有出息，如山中木柴，这样之人哪里都有。秀才明知此语为奚落自己，便在门上回了一句"白水作泉日日昌"。意思说我的学问像泉水一样，一天比一天多，永不枯竭。一出句，一对句，成为一副著名的析字联：

此木为柴山山出；
白水作泉日日昌。

相传明代四才子之一的唐寅与祝允明对过一联，也为析字巧对：

半夜生孩,亥子二时难定;
百年匹配,巳酉两姓难当。

唐寅的上联,拆"孩"字为"亥""子",为深夜的两个时辰;祝允明的下联拆"配"字(古籍中也作"酉己"形)为"巳""酉",对应十二生肖中的蛇、鸡两个属相。

15.同旁

同旁即汉字的偏旁或部首相同。用偏旁、部首相同的汉字组成的对联,叫同旁联。

(1)上下联文字的偏旁、部首分别相同。如某报纸一征婚联的出句为"宀"部字,有人以"辶"部字相对:

寄宿客家,寂寞寒窗空守寡;
逛游远近,逍遥迷道适蓬莲。

(2)全联文字的偏旁、部首相同。如:

迎送远近通达道;
进退迟速遊逍遥。

(3)上下联相同位置的文字偏旁、部首相同。如:

琴瑟琵琶八大王,王王在上;
魑魅魍魉四小鬼,鬼鬼犯边。

16. 嵌名

将人名、地名、专用名或特定汉字嵌入对联一定的位置，构成嵌名联或嵌字联。嵌名联多用于赠贺联、祠堂楹联、民居门联、寺庙联等。其中用得较多的是以"藏头格（鹤顶格）"撰联。

台南开元寺有两副"藏头格"的嵌字联：

开辟真机，细缊无滞；
元宗妙道，色相俱空。

开化十方，一瓶一钵；
元机参透，无我无人。

著名联家、北京大学谷向阳教授善写嵌名联，著有一部嵌名联书。有一天，他见我饮酒后作画，便书一联：

陈酿醉毫惊四座；
平心泼墨秀千峰。

17. 复辞

在同一副对联中多次间隔使用同一个字，或不连续地反复出现同一个字，构成复辞联。如梅州黄遵宪自题人境庐息亭抱柱联：

> 有三分水，二分竹，添一分明月；
> 从五步楼，十步阁，览百步长江。

明代顾宪成为无锡东林书院题的一副名联：

> 风声雨声读书声，声声入耳；
> 国事家事天下事，事事关心。

18.用数

对联使用数字，与其他文体没有什么区别。但在对联中使用数字，有一定的限制。上联的数字在哪个位置，下联的数字也必须在哪个位置。否则，就不能成对了。如唐寅这副对联：

> 七里山塘，行到半塘三里半；
> 九溪蛮洞，经过中洞五溪中。

数字用得好，可给对联增添许多色彩。如杭州三潭印月联：

> 三面湖光，四围山色；
> 一帘松翠，十里荷香。

全联用四个数字，把三潭印月里的湖光、山色、松翠、荷香组成了一幅美丽的图画,给人一种清新的感觉。

　　对联用数的手法很多,比如省略、并写、取整、化零、积算、代名、习语,还有替代性的词语,等等。如岳阳楼联:

笛弄一声,八百洞庭秋月冷;
酒径三醉,大千世界故人稀。

下联的"大"字是形容词,不能用作数字对上联的"八"字,但"大千世界"即"三千大世界",所以这里借"大"代替"三",同上联的"八"相对。

19.歧义

　　利用对联不加标点而全凭意会这一点,有意识地使语义表达模棱两可,这种修辞技巧叫歧义。

　　明代江南四才子之一祝允明,为捉弄一个毫无道德的商贩,撰写春联:

明日逢春好不晦气;
终年倒运少有余财。

对联贴好之后,大家一看,不禁大吃一惊。富商见状,赶紧上前细瞧,并轻声念着:

> 明日逢春，好不晦气；
> 终年倒运，少有余财。

富豪顿时火冒三丈，便去质问祝允明，为什么给他写这样一副很不吉利的春联。祝允明笑着说："怎么不吉利呢？那是你读得不对。"于是读道：

> 明日逢春好，不晦气；
> 终年倒运少，有余财。

除了利用音律停顿的不同而产生歧义外，还可以通过其他方式。如杭州西湖天下景亭有这样一副对联：

> 水水山山处处明明秀秀；
> 晴晴雨雨时时好好奇奇。

这副对联，通常这样断句：

> 水水山山，处处明明秀秀；
> 晴晴雨雨，时时好好奇奇。

也有人这样断句：

水水山山处处明，明秀秀；
晴晴雨雨时时好，好奇奇。

20. 用典

引用历史故事或古籍中的词句，以抒发今人的思想和情感，叫用典。古今名联，大多善于用典。如清代毕沅题的岳阳楼联：

湘灵瑟，吕仙杯，坐揽云涛人宛在；
子美诗，希文笔，笑题雪壁我重来。

上联的"湘灵"为舜妃娥皇，"吕仙"指好酒的吕洞宾。上联写湘妃和吕仙，下联则写杜甫和范仲淹。下联的"子美诗"指杜甫（字子美）的《登岳阳楼》，"希文笔"指范仲淹（字希文）的《岳阳楼记》。上联传说中的两位神仙美眷，下联的两位诗哲文豪，都是与岳阳楼文化密切相关的人物。

赵朴初题西湖岳飞庙联：

观瞻气象耀民魂，喜今朝祠宇重开，老柏千年抬望眼；
收拾山河酬壮志，看此日神州奋起，新程万里驾长车。

这副对联一共用了五个典。老柏，指岳飞墓前的"精忠柏"，传说为岳飞的忠魂所化。"抬望眼""收拾山河""壮志"和"驾长车"，这些词句均出自岳飞《满江红》。但这些"典"用得一点不露痕迹，即使未读过《满江红》的人，也能理解联意。

由上可见，典故用得好，可以丰富对联的意蕴，增加对联的美感。刘勰在《文心雕龙·丽辞》中说："言对为易，事对为难。"事对就是用典。用典之所以难，是因为用典过多、过僻，不容易为人理解，反而会适得其反。

对联的修辞手法很多，篇幅所限，只能介绍这些。如果想写好对联，那就要多读一点诗词对联方面的书，来丰富诗联知识。

第三章　对联的写作练习

第一节　对联写作规则

一、对联格律问题

诗有诗律，词有词谱，曲有曲牌，对联也有联律。严格来说，现代并没有像古代科举的试帖诗那样必须遵守的，由官方审定公布的如《佩文诗韵》之类的官方韵书。现在所通行的诗律、词谱、曲牌、联律等都不是"法定"的标准，只是像《词林正韵》一样，由民间大家"约定俗成"，由作者自觉去执行的用韵规则。

诗律是作诗的法则，从近体诗来看，大体上以调谐整首诗的平仄为主要法则，是历代诗人在长期实践中逐步完善，并加以规范的。律诗的格律，到了唐代杜甫手中才"晚节渐于诗律细"，达到完美的地步，并得到绝大多数作者的认可，以至固定、流行下来，并非官方"法定"的。对联脱胎于律诗，那么有无联律呢？对联大家陈方镛的

《楹联新话》说："古传诗律，未闻有所谓联律者。"准确地说，不但"法定"的联律没有，就连"约定俗成"的联律都还没有。

古人作诗、填词、谱曲、撰联，与写文章不同，是十分讲究平仄声韵的。尤其是编写韵书，更为严谨。就连一些"钦定"（古代由皇帝下旨编写）的韵书，写得不合标准的，最终也会被淘汰。

前些年，一些当代联家开始研究对联理论，尤其是对联的"格律"问题。楹联学专家余德泉教授特别提出，诗律中的马蹄韵即是联律，并列举了大量古今联书作为佐证。楹联界也对联律进行过热烈讨论，最后中国楹联学会总结了各家的主张，编订了一个《联律通则》，供楹联作者使用。但在使用实践中，不少人认为毛病很多，还不如使用诗律。最终，《联律通则》并未得到海内外楹联界的普遍承认，未能普及。

所以说，《联律通则》也好，马蹄韵也罢，还有其他什么规则，既然不是官方发布，又未曾被广大作者承认，便不能作为一个真正的联律来执行。

现在大家写格律诗、撰写对联的平仄声律，普遍还是依据清代康熙年间编辑成书的《佩文诗韵》，并参考当代语言学家王力的"一百零六韵常用字表"；填词则依据清代吴江人戈载的《词林正韵》。

对联这种体裁，从诗歌中分离出来已经一千多年，在古今众多联家的创作实践中，形成了一些共识。客观上说，诗律便成了联律，即短联按照诗律的作法，取其排偶和谐的法则；长联格律则以词曲和赋的格式，采取平仄交替对立的原则，体现了长联的对称。为传承祖国优秀传统文化，我们必须慎重对待声律。在"法定"的联律还未制定出来之前，我们应遵守古今绝大部分联家"约定俗成"的一些撰联规则。

二、有关对联格律的基本规则

1. 对联继承了格律诗和骈文中对于声调的要求。调谐声调的基本方式是划分平仄声，并在对句中用平声对仄声，仄声对平声。五言和七言律诗的句式格律，便是写作对联的基本句式格律。句中平仄问题：一句之中一定要平仄相间，按照律诗的格式，每两到三个平声（或仄声）字之后，换用两到三个仄声（或平声）字。

2. 以《佩文诗韵》（平水韵）的古四声为准，不能古、今四声混用。

3. 短联的创作遵守律诗的格律要求。

4. "一三五不论，二四六分明"，这是格律诗的宽限，在撰联时绝对不可滥用。五言以下的联中一、三完全不论，就会变成四仄一孤平了。那么，所撰之联肯定是不行的。

5. 诗联创作，形式必须服从内容，绝不能以形式（即平仄格式）影响立意。曹雪芹在《红楼梦》中借林黛玉之口论诗时说："若是果有了奇句，连平仄虚实不对都使得的"，"第一是立意要紧，若是意趣真了，连词句不用修饰，自是好的，这叫做'不以词害意'"。这里虽说的是诗，但对对联写作同样适用。

一副好的对联，能流传千古。明清时期的那些对联作者，要么是从科考进仕的官员，要么是未入仕的秀才、举人，即便是乡间私塾先生，也都懂得平仄音律。民国时期的很多文人，不要说读文科的，就连读理科的，搞数学、物理、化学等自然科学的，基本上都能写出上佳对联。他们从小就在私塾学堂中学习对对子，为写作诗词、对联打下了声律基础。

三、六个要素

创作出对称、和谐的对联，必须注意以下六个要素：

1.字句相等。上下联字数相等；如有分句，分句的数量也要上下联一样。这是对联最基本的形式要求。

2.词性相当。上下联相对应的词或词组的词性相同或相近。

3.结构相称。上下联在句法结构上互相照应，彼此对称。

4.节奏相应。节奏是指上下联在音节上的停顿或间歇。联句通过有规律的停歇和韵律的变化，达到和谐的音乐美。节奏相应，指上下联的节奏相同、相应、相似或尽可能保持一致，包括声律和语意两个方面的节奏。

5.平仄相谐。平仄相谐就是声韵和谐。对联和诗词一样，讲究音韵和谐。汉字的特点是一字一音，音节分明，对联中的平仄是以汉字读音高低、长短、升降特点为基础的。如乐谱中的音符，通过平仄交替和对立，做到高低配合，长短相间，升降适宜，和谐自然。这样的对联节奏明快、音律协调，读起来能给人以抑扬顿挫、生动鲜明的感觉。因此，平仄相谐是对联的声律要求。古诗词和对联采用古四声。有人提出用新四声入联，但新四声删除了古四声中的入声，有些字的读音在相对的上下联中达不到音律和谐的要求，是行不通的。

6.内容相关。内容相关是对联的基本要求，也可以说是对立统一规律在对仗上的具体体现。对联的特征是"既对又联"，"对"和"联"互为表里，表里紧密相连才是统一的整体。所谓"对联"就是上下联所表达的思想内容、语意、语气相关、相扣、相联、相呼应。上下联之间有着合理的内在逻辑关系，或相近，或相反，或相关。无论正对、反对、串对，都应围绕一个特定的主题，不能上联说马，下联说牛，上下联风马牛不相及。

四、五个禁忌

1.忌合掌。合掌，即两掌相合。对联所忌的合掌，有

两个方面:

(1)内容合掌。上下联意思完全相同,叫内容合掌。在春联写作中,最容易犯合掌。如下面这两副春联:

神州滋雨露;
赤县灿春花。

五洲日月开新运;
四海笙歌乐太平。

第一副"神州"对"赤县",第二副"五洲"对"四海",上下联的意思完全相同。下面的这副新春联,也是犯了合掌的毛病:

神州一派春色;
祖国无限生机。

(2)声律合掌。上下联同一位置上平仄相同,叫声律合掌。声律合掌的对联读起来单调乏味,最容易被初学者所疏忽。如下面这副春联:

东风吹回千山绿;
春雨洒来万象新。

上下联的"东""春"是平声，可以按"一三五不论"放宽，但"回""来"两字是对联的句腰，同为平声，便犯了声律合掌。

2.忌同声收尾。不管短联还是长联，不管有多少个分句，严格要求上联末尾字为仄声，下联末尾字为平声，即上仄下平。这条是"铁律"，不能改变。特别是没有分句的短联，必须上联仄声收尾，下联平声收尾。如下面这三副短春联，尾字全是平声，犯了同声收尾之大忌：

富花一屋春；
对联满院红。

两岸红梅集千祥；
一江绿韵又成诗。

一派春风扫残云；
万朵梅花迎阳春。

3.忌同声落脚。上下联每半联各有两个以上分句时，每个分句最后一个字不能平仄相同。如两个分句的，上联句尾字应该是平仄，下联应该是仄平。三个分句的，上联句尾字应该是仄平仄或平平仄，下联应该是平仄平或仄仄平。如春联：

> 守边卫国，四海风云归眼底；
> 放哨执勤，九州春色在胸中。

上联第一分句末字"国"，第二分句末字"底"都是仄声；下联第一分句末字"勤"，第二分句末字"中"，都是平声。这就是同声落脚，不妥当。如果稍作调整，就变成一副很好的春联：

> 放哨执勤，四海风云归眼底；
> 守边卫国，九州春色在胸中。

4.忌不规则的重复字。有规则的重字是对联创作中很好的修辞技法，无规则的重字则是对联写作的大忌。诗和词、曲可以不避重字，但对联一定要避免不规则的重字。如明朝末年，顾宪成为无锡东林书院题的这副对联：

> 风声雨声读书声，声声入耳；
> 国事家事天下事，事事关心。

上联的"声"字重复用了五次，下联相同的位置用五个字"事"字，而且一平一仄。这就是有规则的重复用字，平仄又相谐。虽然这些都是常用字，但是作者修辞技法高妙，使这副对联成了流芳千古的名联（这副对联的下联，很多人认为是"家事国事天下事,事事关心"。上联"风"为平声,"国"为仄声,把平声的"家"列在前,当是误传误抄)。

现在很多对联,尤其是春联,屡见不规则的重复用字。如:

鸟语花香,四海升平花似锦;
年丰人寿,九州欢乐颂春风。

上联第一分句第三字是"花",第二分句第五字是"花";下联第一分句第三字是"人",但这下联第二分句第五个字却是"颂"字。本来这副对联在意境、对仗、平仄等方面都还过得去,可惜犯了对联不规则重字的大忌。另外,这副春联,上联"九州"与下联的"四海"还有犯合掌之忌。一联犯两忌,变成不合格的春联了。

5.忌上强下弱。对仗中词语的分量,上下联应在气势上相互匹配,旗鼓相当。尤其是下联,一般要求稍强过上联,否则容易出现上强下弱的"虎头蛇尾"现象,这也是对联创作的一忌。联语上强下弱,很少有人注意,这里特别提醒。如:

听铁马声声,关山入梦;
见银钩笔笔,书画萦心。

这副对联上联大气磅礴，但下联却有点纤弱无力，这便是上强下弱的表现。

再如长沙衡阳会馆联：

气凌衡岳三千丈；
心托离骚廿五篇。

年华大好英雄健；
风月多情草木香。

这两联立意不错，但也犯了上强下弱的毛病。

五、三个关键

写好对联的关键，一要工稳妥帖，二要立意高远，三要新颖奇特。

1.工稳妥切

什么是"工稳"？"工"，首先是指要工整。一副对联，应做到字数相等，词性相同，平仄相谐，句式相仿。工整，也是写对联最基本的要求之一。也就是说，撰写的对联要完全符合或基本符合对联的特点和规律。"工"与"不工"是评判对联优劣的重要标准。

撰写对联虽为"小道""诗余"，但很多国学大师认为，这"小道"、这"诗余"，是一个人的学问、胸襟、见识、文学造诣的集中体现！写好对联,不只是研究平仄、推敲对仗,更要有全面的文史修养和远见卓识。北京大学吴小如教授说的"功夫在'联'外",就是这个道理。因此,不要以为读了几本对联书,就能成为对联作家。正如读了"诗论",不一定能成为诗人；读了"小说作法",不一定能成为小说家一样。当然,联书还是要读的。尤其对于初学者,知道一些创作对联的基本方法,对提高个人撰联水平是有用处的。

古人作对,是很讲究"工"的。清代以前的联书在选联方面比较严格,几乎没有不"工"的。民国时期的联书,如胡君复的《古今联语汇选》各集所收之联,也都选得很认真。近年来出版的有些联书不太严谨,所选对联不够工整,让人们对新对联的创作水平产生疑虑。

"工"还有"精"的意思。对联以它有限的字数,表达丰富的思想感情。没有惜墨如金的创作态度,对联是作不"工"的。

一副好对联,必须遵循写作规矩。要求标新立异,但也须求得稳妥。撰联如同建房子,无论样式如何,都必须基础稳固,形象端正。对联的句式选择,必须遵循短句在前、长句在后的原则。写对联好比人做衣服,经过精心选料、适当裁剪,不大不小,不肥不瘦,自己穿着合适,别人看着也舒服。好的对联可达到"增之一分则长,减之一分则短"的地步。如果立意不当,则主旨欠佳；抒情不当，则表态失度；措辞不当，则举止无方；用字不当，则形貌多疵。

对联除要求工稳之外，还得紧切主题。如潮州韩文公祠联，紧切潮州：

天意启斯文，不是一封书，安得先生到此；
人心归正道，只须八个月，至今百世师之。

韩文公祠，位于广东潮州东笔架山麓。韩愈（谥号"文"）鄙六朝骈体文风，推崇古体散文，被尊为百世之师。唐元和十四年（819年），韩愈因谏迎佛骨一事，触怒了皇帝，被下令处死，幸得宰相裴度等讲情，改贬为潮州刺史。他在潮州的八个月期间，为民众做了许多好事，被当地人奉为神，并为之立祠。有人建议将此联移到他处昌黎祠，大联家梁章钜认为此联"紧切潮州，移易他处昌黎祠不得"。

2.立意高远

立意方面缩手缩脚，毫无情怀，是写不好对联的。孙髯的大观楼长联，为什么能写得那么好？我们注意一下上联后面的这一段联语：

……看东骧神骏，西翥灵仪，北走蜿蜒，南翔缟素，……趁蟹屿螺洲，梳裹就风鬟雾鬓；更蘋天苇地，点缀些翠羽丹霞。莫辜负四围香稻，万顷晴沙，九夏芙蓉，三春杨柳；

再看下联后面的联语：

……想汉习楼船，唐标铁柱，宋挥玉斧，元跨革囊，……尽珠帘画栋，卷不及暮雨朝云；便断碣残碑，都付与苍烟落照。只赢得几杵疏钟，半江渔火，两行秋雁，一枕清霜。

一个未入仕的布衣，以满腔的家国情怀来创作这副长联，难怪能够成为千古绝唱！

再看清代名臣林则徐自题的这副对联：

海纳百川，有容乃大；
壁立千仞，无欲则刚。

联语立意很高，作者不以空洞的言辞来说教，而是以鲜明的形象来表达深刻的哲理。此联脍炙人口，发人深思。

3.新颖奇特

新颖，就是新鲜别致，有独创性，不因循守旧，达到标新领异。对联立意要新，这是很重要的。尤其是同一题材，后来者一定要以新颖的立意取胜前人。低于前人或者模仿前人，还不如搁笔不写。请看这副理发店的传统名联：

> 虽云毫末技艺；
> 却是顶上功夫。

此联构思奇特，语言奇巧，令人拍案叫绝、过目不忘。

下面这副同是理发店行业联，创作上另辟蹊径：

> 磨砺以须，问天下头颅几许；
> 及锋而试，看老夫手段如何。

据传这一联是太平天国名将石达开所题。上联的"磨砺以须"，借理发之题，表现了他当年太平天国起义的大无畏精神。下联的"及锋而试"，写尽了这一行业的特点，更是透露出他横刀立马、杀气腾腾的气势。

太白楼的对联，大多写李白的飘零身世，酒楼的幽雅环境，甚至以扬李抑他的技法，尽写李白的诗才。但这一联，堪称奇绝：

> 我辈此中惟饮酒；
> 先生在上莫题诗。

这副对联明确地说，我们来这太白楼只配"饮酒"，在这太白楼题诗，岂不是在诗仙面前班门弄斧？

第二节　对联入门学习

一、练好"联"外功夫

对联就像座美丽的山峰，山上云雾缭绕、百花争艳、鸟语花香，有亭台楼阁、泉声瀑布、流水潺潺，犹如人间仙境！山上还能眺望日出和远处美丽的风景。通往这座美丽的山峰，只有一条崎岖小路，而且坡高陡峭，上山之路有点艰难！很多人爬到一半，坚持不下去，半途而废。

由于种种原因，现在的人觉得写对联很难。其实，只要找到正确的路径，这"上山"之路并不很困难。北京大学吴小如教授为他的学生白化文的《闲谈写对联》一书作序，题目是《功夫在"联"外》，其中说道：

> 近年人们所从事的业余文化活动有三个热门：一曰书法，二曰写作旧体诗词，三曰作对联。这三方面"生产"的数量都很多，而质量上却总不见有多大提高。……不从"字"外和"联"外下功夫，是很难有突破性进展的。而这三者之中，爱好作对联的人似乎更多一些。……
>
> 一个人如果不熟读经史百家以及骈体文与诗词

曲赋，缺乏生活经验，不具有洞明事理的世界观，并且对人生的意义没有深刻的体会和理解，那么想写出精彩的对联来是很不容易的。

古代蒙童入门的教学方法，具有一定的借鉴意义。刚入学的少年儿童，私塾先生怎么教他识文断字？先生教孩子们先朗读、背诵押韵的又可以对对子的书，如《小儿语》《三字经》《百家姓》《千字文》等。私塾先生带领孩童像唱歌一样，齐声朗读。

再大一点的孩子则要背诵《声律启蒙》《笠翁对韵》等韵书。

云对雨，雪对风，晚照对晴空。
来鸿对去燕，宿鸟对鸣虫。
三尺剑，六钧弓，岭北对江东。
……

齐声朗读这些朗朗上口的韵文，可激发孩子们的学习兴趣，能收到良好的教学效果。

对于有了一定文化基础的成年人来说，蒙童入门这个办法也是有用的。想学写诗撰联，必须要熟读、精读甚至背诵《笠翁对韵》《声律启蒙》《对类》《诗韵合璧》《龙文鞭影》等韵书，为以后的创作打好基础。有条件的话，多读点古代散文（如《古文观止》），里面全是作诗、填词、写对联的"好料子"。

这里，我特别向大家推荐明代萧良有编撰的《龙文鞭影》。先看下面这条：

魏公切直；
师德宽容。

上联典出《宋史·韩琦传》。北宋韩琦为相十载，辅佐三朝，封魏国公。韩琦为官敢于直言，前后上疏七十多次，当时的宰相王曾说韩琦的谏言"切而不迁"。下联典出《新唐书·娄师德传》。唐代娄师德两次拜相，一生气量宽厚，喜怒不形于色。有一次李昭德与他一同上朝时，讥笑他身材臃肿、脚步太慢，像个农夫，娄师德回应道："我不是农夫，谁是农夫？"

《龙文鞭影》全文通用四言，上下两句对偶，以中国历史上的人物典故为主要内容，逐联押韵，依韵编排，是一本重要的"蒙学"读物。

二、练习对课

有了以上的基础，就要学习对课了。对课，也称课对，即对对子。对对子是以前私塾的教学内容之一，也是一种很好的韵文教学方法。

对课始于何时？史载是在唐代。唐代开元年间官方纂辑的类书《初学记》中，每卷每节皆有"事对"一项。"事对"置于"叙事"之后，"赋、诗"之前，多为二言对，也有三言、四言、五言对。"事对"一词，出自刘勰《文心雕龙·丽辞》。

在私塾教学中，对对子能培养学生掌握声律音韵知识，提高应对能力。一般是老师出上句（一、二、三言对起，以后逐渐用四、五言及多言），学生来对下句，再通过讲评，给学生传授对对子（即对偶）的道理和基本方法。

训练对对子，可从一个字对起，再对两个字、三个字、四个字，一直可对到七言的联句。如清代大联家梁章钜编的《巧对录》：

二字对：地煴　对　天公；眉语　对　手谈；青女　对　黄姑；……

三字对：金刚舞　对　夜叉歌；牛心炙　对　熊胆丸；……

四字对：郑牛识字　对　丁鹤能歌；三日仆射　对　七岁尚书；……

鲁迅在《从百草园到三味书屋》一文中，叙述过他少年读书对对子的事儿：

> 我就只读书，正午习字，晚上对课。先生最初这几天对我很严厉，后来却好起来了，不过给我读的

书渐渐加多，对课也渐渐加上字去，从三言到五言，终于到了七言。

据说鲁迅小时候读书对课时，先生出"独角兽"上句，鲁迅用"比目鱼"应对，颇受先生赞扬。先生看到孩子的进步，很高兴，对他也好起来了！

清光绪三年（1877年），干支历是丁丑年。著名抗日爱国诗人丘逢甲，当年十三岁，参加童试时，因交卷最早，引起主考官福建巡抚丁日昌（梅州丰顺县人）的注意，将其叫到身边，问过他的姓名及生年，当即出了个上句，叫他应对。丁日昌出句是：

甲年逢甲子；

因丘逢甲生于清同治三年（1864年），干支历为甲子年，是六十年一轮的首年，所以家人给他起名"逢甲"。此年的丁日昌，已是年过五十知天命之年的人。问明丘逢甲是生于干支甲子年，心想我这个快到六十的花甲之人，今天与生于甲子年的孩子相逢，很是有趣，故出句嵌其名"逢甲"。丘逢甲对此心领神会，当即对曰：

丁岁遇丁公。

"公"是尊称。"丁岁"又有"丁时"的含义,指今天适逢其时。"丁"也指男孩(男丁)。对句意思很明确,我这个小男孩,童试遇到名臣"丁公",实属三生之幸!更因"丁公"之名"日昌",大有"日后昌隆"之寓意。今天"遇丁公",还有谐音"寓恩公"之意。出句及对句虽仅五个字,出得别有情趣,对得自然巧妙!尤其此联的两"甲"对两"丁",重复而有别,别有谐趣。丁日昌当即说:"无待阅卷,亦知汝可为生员(秀才)也。"果然,丘逢甲不负其望,二十五岁便中了进士,后成为近代著名爱国诗人。

《笠翁对韵》《声律启蒙》是初学者最好的工具书。熟读了这些韵书,便可自学对对子。

自学对对子,也可先练习地名对、人名对。清代有个叫杏芬的才女子,发现北京很多胡同名字很有趣,地名也很有典故,如马市、牛街、磨盘大院、烟袋斜街(胡同名。北京人叫胡同,上海人叫弄堂,广东人叫街巷),便把它们按词性的小类分类,编成一本对偶工整的书,叫《京师地名对》。那时正是楹联的鼎盛时期,这本书成为人们写对联的工具书,流传至今。(详见附录一:精选北京地名对。)

练习地名对,还有个好办法,初学者可找一幅地图,把你所知道的当地的和外地的地名,按词性小类编在一起,练习地名对。

如果把古典名著中的诸多人物挑拣出来,排列起来,便可练习"人名对",如"董超对薛霸","时迁对宋万",等等。

历代章回小说的回目(如《水浒传》第一回的回目:"张天师祈禳瘟疫;洪太尉误走妖魔"),虽说不完全是工整的对偶句,但对练习对对子大都很有参考价值。

三、练习缀句

有了对课(对对子)的基础,第三步是练习缀句。缀句也是练习对联创作的一种很好的方法。缀,即联结之义。缀句,就是将少的文字,逐渐联结、补缀成多字的联句。如:

一字联:水　对　山

缀成两字联:山色　对　水声

缀成三字联:山有色　对　水无声

缀成四字联:水声入耳　对　山色迎眸

缀成五字联:山深鸣好鸟　对　水浅泛轻鸥

缀成六字联:窗外青山远绕　对　岸边绿水长流

缀成七字联:苍松古树山家屋　对　红蓼疏花水国天

学习缀句,还有一种办法,把二、三言联作为基础联句,在前面添字或词,变成五言或七言的联语。如:

基础三言联:花信到;彩云归。

添加两个字:鹊鸣花信到;燕舞彩云归。

添加四个字:春树鹊鸣花信到;华堂燕舞彩云归。

具备了简单的缀句基础后，再在五言或七言联语的前后，根据内容需要，逐渐学习缀合十九言以内，包括三至四个分句的中长联。千万注意，没有一定的辞赋功底，长联是写不好的。

四、学会仿联

仿，即模仿。大家都知道，学习书画艺术，一定要先临帖、摹画。临摹是任何一个大书法家、大画家初学时的必经之路。一个成功的书法家、画家，甚至可以临摹到乱真的地步。据说张大千临摹八大山人的画，几乎无人能识破。

书画家要有临帖的功底，这一点，我深有体会。我喜欢书法、画画，青少年时书法没有临帖的功底，所以在书法方面难成大器。但我画画有较深厚的临摹功底，年轻时因职业关系，临摹《芥子园画谱》，作画就比书法好（据说临摹《芥子园画谱》成名的大画家不在少数，比如张大千、李可染、宋文治、陆俨少等）。仿联，就和临字、摹画一样，先模仿别人对联的模式、风格、句式，进而创作对联。

按一些古今联家的说法，所仿之联可以与原联字数相等、句式相同、格调相似，还可以把原联的重点文字用在新联中。如明朝对联大家徐渭（字文长）有一副自嘲联：

两间东倒西歪屋；
一个南腔北调人。

后来有人仿制了一副自勉联：

两间东倒西歪屋；
一个千锤百炼人。

像这种相似度极高的仿联，对于学写对联帮助不大，学不到真正要的技巧。学习仿联，必须在模仿中，不断提高立意创作、造句修辞、声律对偶等方面的水平。真正的仿联，应与临摹名画一样，取其之长，去其之短。一定要注意，仿联必须超越原联，否则，仿联便失去意义。

另外，仿联还是一个应急的方法，往往在急用的时候，尤其是像挽联之类的作品，一时未能创作出满意的对联，仿联可以应急。俗话说，熟能生巧，平时多看各类联书，急用时便有了仿联的资本。我曾为一位作家朋友程贤章写的一副挽联，可说是"仿联"，供大家参考：

人而鬼也，神仙老虎狗；
死尤生乎，文学客家禅。

我与逝者亦师亦友，我知道他的主要著作是小说《神仙·老虎·狗》和报告文学《客家文学·禅》。所以，创作前便决定把他的这两个代表作写入挽联中。

在写这挽联时，想起著名作家楼适夷挽京剧《李慧娘》编剧孟超的挽联：

> 人而鬼也，鞭尸三百贾似道；
> 死尤生乎，悲歌一曲李慧娘。①

孟超是在"文革"中被迫害致死的，楼先生借孟超的《李慧娘》"鞭尸"奸臣贾似道，以李慧娘一曲"悲歌"，抨击了"文革"！"死尤生乎"，让人怀念《李慧娘》的编剧孟超。

程老因病走得突然，用联较急，我觉得"仿"这副挽联用于挽程先生，是很恰当的。所以，原联上下联的第一分句不改动，第二分句用程先生的代表作。我的上联第一分句"人而鬼也"，说的是我两天前还去医院探望过程老，这时他还是"人"，而今天传来的却是他的死讯，"人"已变"鬼"，使人感到突然和惋惜。下联的第一分句"死尤生乎"，说的是这位知名作家虽然逝去，但仍然觉得他还活着，他的为人爱才、宽宏大度，值得我们怀念。上联的第二分句直接用的是程先生的小说《神仙·老虎·狗》；下联的第二分句化用的是他的报告文学《客家文学·禅》，为适应平仄和对偶，调整为"文学客家禅"。

---

① 引自谷向阳主编《中国对联大典》，学苑出版社，1998年。此联作于1979年，楼适夷在《湖北文史资料》1999年第2期发表《忆干校 怀孟超》一文，联中的"尤"字作"犹"。

第三节　对联写作方法

对联的写作方法有新拟、集句、点题，还有脱化、仿联等。以我的写作经验看，最重要的有两种：新拟和集句。学会了这两种方法就基本够用了。日后通过反复实践，不断积累，便可以触类旁通，熟练掌握其他方法，撰写更多较好的对联。

一、新拟

新拟，即新撰写对联。就是按照自己的想法，以新的内容创作对联。撰写对联看上去很简单，实则是一个人的学问、胸襟、见识、文学造诣的集中体现。不要以为读了几本对联书，就能成为对联作家。当然，联书还是要多读几本的。创作对联，和创作其他文学作品一样，要注意几个最基本的问题。

1. 准确切题

切题是任何文学创作的关键。写出来的作品（对联）首先不能"驴唇不对马嘴"，文不对题。比如参加征联比赛，你首先必须了解征联活动的主题，应征作品首先要符合出题要求，"切"对题目。

你要是为某个节日、活动、会议撰写对联，那就必须弄清写的是什么节日、什么活动、什么会议，主要内容是什么。若是撰写地理名胜联，首先就要清楚这个景点的历史、周围环境、相关传说，尤其是与景点有关的人物和故事。知道了这些，才可以针对题目来借题发挥。

对联的创作与其他文学创作也有不同的地方，对联不单是一种文学作品，还是一种带载体的文化艺术品。例如写名胜景点联，你不仅要知道这对联用在什么地方，大门还是小门，柱子还是牌坊；还要了解是镌刻在柱子上还是木板上，是不是装裱的，是永久性的还是临时用纸写的，需要多长的联语，等等。如果条件允许，最好亲自去现场看一下。

2. 高远立意

古人说："诗言志。"对联是由诗词曲赋衍生出来的"诗中之诗"，是"简化的诗"。对联和其他文学作品一样，也是有感情的。要写出一副好对联，必须要有高远的立意。有了高远的立意，又有风流的文采，你的作品才能和读者产生共鸣。没有高远的立意，写出来的对联即便文采华丽，内容工稳，平仄和谐，那也只能算是附庸风雅之作，读起来枯燥无味，难以给人留下深刻印象，也就谈不上被收录和传播了。

3. 创作构思

对联的立意确定之后，便要进行构思。对于初学者来说，有一条较为简单实用的办法：根据所写内容的需要，找到相关对联书，参考一下；或在诗词曲赋中，寻找相关类别的现成的词语、句子作为参考；还可以找韵书里的对偶句子，加以吸收、化用。找到这些素材后，你便可以依据对联的平仄格律、禁忌和六个要素进行起草，这样肯定可以写出一副较好的对联来。这里千万要记住：熟能生巧，多读诗文韵书，多写多练是硬道理。当然，平时如能博览群书，尤其熟读古典诗词、骈文曲赋、著名的楹联书籍，满肚子都是"好料子"，创作时便能胸有成竹了！

有些对联，虽然个别字词不符合格律，平仄也不够协调，对仗也欠"工"，但是这句子表达的内容格调高、意境美，不"工"胜似"工"。这是很多名家、学者的共识。任何文学创作，形式必须服从内容，内容绝对不能拘泥于形式。对于对联来说，形式指的便是格律。在严格遵守格律的前提下，个别位置上实在找不到更好的字词来替代，如果将合律的字词硬套上去，反而严重影响了内容，这是万万使不得的。

这里并不是说写诗撰联不用遵守诗韵联律，而是说内容美的诗、联，比平仄格律工整但内容平庸的诗、联更好。唐代大诗人李白的《送孟浩然之广陵》，个别字的平仄虽不合律，却能流传千古！比如《联律通则》规定忌用"三平尾"，唐代诗人崔颢的《黄鹤楼》诗中的颔联"黄鹤一去不复返，白云千载空悠悠"，不是三平尾吗？李白看了这诗后，叹道："眼前有景道不得，崔颢题诗在上头。"的确，这首诗的意境太好啦！修辞造句太美啦！

对联创作不但要有丰富的生活积累，还须有深厚的思想情感和坚实的文艺基础。对联和古诗词关系密切，因为它能以凝练的语言、最少的文字，表达充沛的情感和丰富的想象，表达人们深邃的精神世界和多彩的社会生活。要写出合律的对联容易，但要写出既合律又有文采的对联，并不是一件很容易的事。

4.反复修改

完成初稿后，便要认真琢磨，对照对联创作的各项要求，反复修改。例如，我在创作梅州客天下牡丹亭的对联时，第一稿的下联原来是："千秋传佳话，死死生生，潇洒一枝月下梅。"我对第一分句总是感觉有点不满意。后来忽然想起曾在《中国名联辞典》（山东大学出版社，1990年版）一书中，看过作家石凌鹤为汤显祖故居"玉茗堂"所撰的一副长联，立即查翻此书，发现其上联的最后一句"梨园传颂千秋笔"很好。反复思考后，将其改为"千秋传彩笔"，用作我的下联第一分句。比起原来的"千秋传佳话"，"千秋传彩笔"无论意境，还是平仄对仗、词性结构，都要好得多。

二、集句

（一）集句联的起源与发展

集句，即选、摘、改前人的佳作名句。集句成联，一般是将不同篇的诗词佳句集为一副联，是写作对联的重要方法之一。根据我几十年的亲身经历，学习写对联，首先要从学习集句开始。集句成联不但是学习写对联的高级练习，选摘并化用诗词曲赋成联，还是创作优秀名联的最好办法。

集句联古已有之。明代杨慎《升庵诗话》卷一说："晋傅咸作《七经诗》……此乃集句之始。"清代文学家袁枚在他的《随园诗话》卷七中进一步阐述："集句，始傅咸。傅咸有《回文反覆诗》，又作《七经诗》，其《毛诗》一篇，皆集经语，是集句所由始矣。"

唐宋之后，集句渐成风气。清代《四库全书》总纂官纪昀评明代杨慎第一部集句联书《谢华启秀》时认为，《谢华启秀》是科举士子们为写骈文作试帖诗而准备的材料。《谢华启秀》出版后，集句联为对联的创作和进一步发展起到了推波助澜的作用。接着杨慎又出了一部集句联书《群书丽句》。清代梁章钜、梁恭辰父子的《楹联丛话》《楹联续话》《楹联三话》《楹联四话》《巧对录》，晚清民国初期朱应镐、陈方镛等的《楹联新话》等很多联书都录有集句联。

最初，古人对集句联的要求是很严格的。最严格的是：必须要在同一作者的不同诗文里找对句，要把毫不相干的两句诗配成一副对仗工整的对联；且不允许照搬原作上下句，即使对仗的两句也不允许。如果照搬原作，那只是摘句，不能称之为集句。

宋人周紫芝《竹坡诗话》载，王安石作集句联，欲将白居易《琵琶行》中的"江州司马青衫湿"作为上联，以全句作对。下联考虑了很久未得到，一日问蔡肇（字天启，江苏丹阳人，与米芾、苏轼等人为挚友）："'江州司马青衫湿'，可对甚句？"蔡肇应声曰："何不对'梨园弟子白发新'？"对句出自白居易的《长恨歌》。"梨园"虽是古代戏班子的别名，但从字面上看，"梨园"可作为地名，应对上联的地名"江州"，为地名对；"司马"是官名，"弟子"亦为名词；"白"对"青"为颜色对；"新"和"湿"同为形容词；"青衫湿"与"白发新"为主谓结构相对。声调上联尾为"平平仄"，下联是"仄仄平"，是诗律的格式，可谓工绝，无懈可击！

集近体诗句成联又起于何时？宋代沈括《梦溪笔谈》认为自王安石始。但《金玉诗话》及《蓼花洲闲录》却说，集联不始于王安石："宋初已有集句，至石曼卿（延年）遂有大著。"不过，王安石的确长于集联之道，他有不少集句联流传于世。

与王安石同时期的孔平仲，也曾集句为诗赠予苏轼。苏轼作诗《次韵孔毅甫集古人句见赠五首》，赞美这种集句方式："羡君戏集他人诗，指呼市人如使儿。""前生子美只君是，信手拈得俱天成。"称誉备至，从中可知一时风气。

后来集联的范围逐渐扩大，有集诗者、集文者、集词者、集曲者、集碑帖者，还有集佛教经典者，最为广泛的是集诗词为联。从宽严兼具的角度考虑，集联还包括集字联、集句联、摘句联等。

集字联，主要是从碑帖法书中选字而撰写成联。集字成联，在清代很盛行。用名碑帖中的字来书联是很有意义的，多有专集行世。但集字成联用途不大，其目的，用于练字，用于欣赏，用于收藏。后来少有人为之。

集句联后来逐步发展到集各体诗词均可。如集四言诗，主要以集《诗经》和曹操、陶渊明等人的诗为主，还有集《楚辞》的。但集诗句成联不怎么流行，恐是材料少之缘故。

集古诗文成联，要做到情景交融，浑然天成，没有一点拼凑之痕，就必须多读诗书，满腹珠玑。集句联为历代对联大家所重视，一致认为集句联是第二次创作，比自撰更加艰难。如杭州西湖白云庵月老祠集句联：

愿天下有情人，都成了眷属；
是前生注定事，莫错过姻缘。

作者顾曾烜，清代学者。江苏南通人，光绪进士，曾任甘泉、合阳知县。白云庵月老祠在杭州栖霞岭北面黄龙洞景区内，祠内供奉"主宰"人间婚姻大事的月下老人。上联出自王实甫的《西厢记》，下联则引自高明的《琵琶记》，此联属以曲对曲的集句联。上下联虽出自两个人、两本书，却对得天衣无缝。联语明白如话，非常工巧，借月老之口，祝愿天下有情人都能成双成对，比翼双飞。此联对仗基本工整。"天下"对"前生"，"有情人"对"注定事"，"成了"对"错过"，都可以形成对仗；"眷属"对"姻缘"为名词对，尤为工切。前一分句声调可按三三节奏读，音节点上平仄交替；后一分句"了"字处，若用平声则更觉和谐，但因此联是集句成联，故移易不得。将此联挂在月下老人的祠内，岂不是"天缘巧合"？所以这副脍炙人口的祠联，许多月老祠庙照用不误。

还有这副集句联：

此地有崇山峻岭，茂林修竹；
则为你如花美眷，似水流年。

上联出自王羲之的《兰亭集序》，下联出自汤显祖的《牡丹亭》，竟匹配得天衣无缝，令人称奇。

国学大师梁启超早年曾说对联乃"小玩意儿"，但后来竟成为一个集宋词联的大家。梁先生在《苦痛中的小玩意儿》里说，他集宋词联，就是看了陈衡恪（清末大诗人陈三立长子，陈寅恪长兄。能文能诗，工画，以画最著名）集宋词联作后，也喜欢上了这"小玩意儿"。这是他第一副集宋人姜夔词的对联：

歌扇轻约飞花，高柳垂阴，春渐远，汀洲自绿；
画桡不点明镜，芳莲坠粉，波心荡，冷月无声。

他一生很少自己作诗填词，尤其极少自己撰写对联。某年元宵，其夫人李蕙仙忽然染病不起，梁启超一直陪侍于床边。闲着无事，便搜集若干词集放于身边，吟读之余，将好的句子集成对联，竟达二三百副之多。梁氏所集之联，现录存于《饮冰室全集》。

梁启超还特将一副集宋词联赠给徐志摩：

临流可奈清癯，第四桥边，呼棹过环碧；
此意平生飞动，海棠影下，吹笛到天明。

上联记述徐志摩陪同印度大诗人泰戈尔畅游杭州西湖一事；下联记述徐志摩陪同泰戈尔到北京法源寺赏海棠花，并在树下通宵作诗之事。梁启超集此联，上下联六个分句虽取自宋词，但与徐志摩接待泰戈尔的地点、活动均有关。梁启超不愧为国学大师。

我在对联这块园地里耕耘了半辈子，也写了不少对联，但自己满意的并没有几副。凡觉得比较满意的，都是集句、化用、摘改前人的诗词名句创作的对联。古今名家联作，无一不与集句、化用诗词曲赋等有着千丝万缕的关系。当代联家谷向阳主编的《中国唐诗联集成》，集的唐诗联达五千余副！还有他主编的《中国对联大典》，其中集唐、宋、清诗及各朝代的词、曲、碑帖等联就占了很大篇幅。集他人的作品，不是全盘照搬他人的作品，需要相当的功底和一定的技巧。

（二）集句联的练习

在集句联中，集各朝代名家的诗、词、曲占了百分之八九十以上，其中唐、宋诗词最多，元曲和清诗也不少。尤其是五律、七律中的颔联和颈联都是对偶句，几乎不用修改，摘出来便可使用。

入门以后，可根据常用对联分类，编写集句联，每类之下再按三言、四言、五言、六言、七言编排，为以后撰联准备材料。这些集句还可分成春联类、名胜类、人物类、哲理类、励志类、爱情类、友谊类，等等。需要使用的时候，将这些短言连缀成联。所集的大都就是对偶句子，这样撰写集句联时，最多就是稍作调整，又快又好。

你在选集句材料时，要知道哪些作者的哪些作品较多某种类型的诗词。例如，描写爱情友谊的，唐代白居易、李商隐、杜牧，宋代柳永、李清照、朱淑真，清人纳兰性德，他们都有不少好句子。五代后蜀赵崇祚编的《花间集》收录了不少这类题材的词作。

分类集句，既可以作为集句联的备用材料，也可以用作平时练习。如：

1. 名胜风景类

  云气嘘青壁；
  晴光转绿苹。

上联出自杜甫《禹庙》，下联出自杜审言《和晋陵陆丞早春游望》。

  云海南溟远；
  星辰北斗深。

上联出自贾至《送夏侯参军赴广州》，下联出自杜甫《夏日杨长宁宅送崔侍御常正字入京得深字》。"南溟"即唐代时的南海。

  一泓秋水一轮月；
  满地槐花满树蝉。

上联出自贯休《招友人宿》，下联出自白居易《暮立》。"泓"形容水深，这里借作量词用。

  一泓海水杯中泻；
  百尺花楼江畔开。

上联出自李贺《梦天》,下联出自白居易《花楼望雪命宴赋诗》。

下面这副清人集《兰亭序》联:

清气若兰,虚怀当竹;
乐情在水,静趣同山。

联语写清新的气息如同兰花,谦虚的胸怀可比竹子;欢乐的情绪像奔流的溪水,幽静的趣味如厚重的大山。这一联既构成上下相对,又分句自对。上联平行词"兰"对"竹",下联平行词"水"对"山";"清气若兰"与"虚怀当竹","乐情在水"与"静趣同山","清气若兰"与"乐情在水","虚怀当竹"与"静趣同山",都构成工整的对仗,显得匀称精巧。全联音律十分严谨,其节奏点上联是仄平、平仄,下联为平仄、仄平,读来顿挫抑扬,很有美感。

2.书房或会客室类

柳深陶令宅;
月静庚公楼。

上联出自李白《留别龚处士》,下联出自杜甫《秋日寄题郑监湖上亭》。全联为正对工对。

下面这副集古诗联,也可作为书房或会客室联:

一川红树迎霜老；
三径黄花近节开。

上联出自王武陵《秋暮登北楼》，下联出自牟融《客中作》。"红树"指黄栌、枫树。"三径"指归隐后所居田园。晋赵岐《三辅决录》卷一《逃名》载，西汉末年，兖州刺史蒋诩告病辞官，隐居乡里，用荆棘塞门，在院中辟三条小径，闭门不出，唯与求仲、羊仲交游。"黄花"即菊花。这一联还可作为秋季赠友联。

名花异果雕栏护；
古款新铭小篆镌。

上联出自清人吴伟业《雕桥庄歌》，下联出自黄任《砚》。"雕栏"即雕有花纹的栏杆。"款"即行款。"铭"指刻于铜器等上面的文字。"小篆"即秦篆，秦统一六国后通用的字体。

画家张大千也是联迷，且酷爱集句联。他集唐人刘威的《游东湖黄处士园林》诗句一联，作为配画对联，也可用作书房联：

樵客出来山带雨；
渔舟过去水生风。

据说有人求大千先生的法书,他每用此联书以应付,故市间常常见到他写的这副集句联。他还善于集宋诗句为联:

  庭前古树老于我;
  天外斜阳红上楼。

下面这副对联是大千先生集宋代黄庭坚、赵长卿、辛弃疾、晏殊四人的词句而成的,对仗颇工,韵味十足:

  身健在,且加餐,把酒再三嘱;
  人已老,欢犹昨,为寿百千春。

3.励志类

  有德有言,知行合一;
  允文允武,学问之宗。

"有德有言"语出《论语·宪问》,即有德者必有言。"言"这里指的是有益于世的话。"宗"即根本。

  汉史公书大著作;
  唐山人集小词章。

"汉史公"即《汉书》作者班固。"唐山人"指唐朝诗人唐求,放旷疏逸,有诗就放在大瓢中,病后将瓢投入江中,有识之人曰:"此唐山人诗瓢也。""词章"是诗文的总称。又如集汉碑联:

兰石之姿;
清步之行。

"兰石"喻人姿质。"清步"即闲步。

纯和之德;
仁义之操。

这里的"操"指操行和品德。

丈夫誓许国;
儒术岂谋身。

上联出自杜甫《前出塞》,下联出自杜甫《独酌成诗》。

丈夫终莫生畦畛;
造化何以当镌劖。

上联出自韩愈《赠崔立之评事》，下联出自韩愈《酬司门卢四兄云夫院长望秋作》。"畦畛"原指田间的界道，引申为界限、隔阂。"镌劖"本指雕凿，引申为刻画、描写。

4.爱情、友谊类

> 寸心誓与长相守；
> 仙境那能却再来。

上联出自高适《秋胡行》，下联出自曹唐《仙子送刘阮出洞》。

> 秋水为神玉为骨；
> 芙蓉如面柳如眉。

上联出自杜甫《徐卿二子歌》，下联出自白居易《长恨歌》。

下面这副是集唐诗联。将此联赠给一个有文化的女友，就像张中行老先生说的，比你每天捧着一束红玫瑰说"我爱你"，效果会更好的！

> 为报眼波须稳当；
> 莫将芳意更迟回。

上联出自杜牧的《宣州留赠》，下联出自黄滔的《催妆》。

阆苑有书多附鹤；
　　画屏无睡待牵牛。

　　上联出自李商隐《碧城》，下联出自温庭筠《池塘七夕》。"阆苑"即阆风之苑，指仙人居所。"牵牛"指牵牛星。古代神话以牛郎、织女为夫妇，每年七夕相会一次。

　　学完集短联后，便可学两个分句、三个分句的集句联。这类句子，宋词、元曲中最多。如下面这一联：

　　余韵入疏烟，隔院兰馨趁风远；
　　游镫归敲月，满路桃花春水香。

　　上联出自晏殊《喜迁莺》、冯艾子《春风袅娜》，下联出自陈亮《南歌子》、朱淑真《鹧鸪天》。"镫"原指马镫，这里代指马。

　　未容桃李争妍，雪后园林，云山无数；
　　水边楼阁行尽，长亭烟草，衰鬓风沙。

　　上联出自贺铸《万年欢》、辛弃疾《瑞鹤仙》，下联出自辛弃疾《好事近》、陆游《柳梢青》。"长亭"乃秦汉时在路上为行人所设休息送别之所。五里一短亭，十里一长亭。

半梢松影虚坛，露霭晴空，风吹高树；
一色梨花新月，玉铺繁蕊，翠拥柔条。

上联出自陈允平《木兰花慢》、赵轼《夜行船》，下联出自周密《好事近》、曹勋《倚楼人》。

多少艳景关心，料青山见我应如是；
分外清光泼眼，愿嫦娥相顾肯从容。

上联出自方千里《过秦楼》、辛弃疾《贺新郎》，下联出自李之仪《满庭芳》、王清惠《满江红》。

（三）集句联技巧例析

1. 梅州某高级中学大门联

不久前，我应一个著名私立中学之约，题一副十三至十五言的校门联。我很快按其意思题好：

海纳百川，居仁由义，高怀无近趣；
壁立千仞，履中蹈和，清抱多远闻。

这是一副由名联、名句、名诗集成的集句联。上下联的第一分句"海纳百川，壁立千仞"，是清代林则徐自题联的首句，其全联是：

> 海纳百川，有容乃大；
> 壁立千仞，无欲则刚。

此联立意很高，作者不以空洞的概念来说教，而是以鲜明的形象来表达深刻的哲理，与"有容德乃大，无私品自高"这类励志联语同出一辙。

此联第二分句"居仁由义"，语出《孟子·尽心上》。"居"即处于。"由"则为遵循。"履中蹈和"的意思是做人应不偏不倚，保持中正平和的心态。

第三分句集自孟郊《送温初下第》诗的颔联"高怀无近趣，清抱多远闻"，意说有远大志向之人，不会对一些小目标感兴趣；只有胸怀高远、心胸宽广的人才能持之以恒，功夫到了，自然会声名远播。

2.客天下景区天赐阁门联

2015年，我应客天下景区之邀，为新景点天赐阁题撰一副大门联：

> 彩凤双飞，林中作曲天来赐；
> 仄仄平平，平平仄仄平平仄
>
> 灵犀一点，叶上题诗阁寄缘。
> 平平仄仄，仄仄平平仄仄平

园主要求这副对联应以爱情为主题。那么望文生义，其景点则隐含"天赐良缘"的意思了。因为是景点,这联最重要的一条:要使大部分游客一看,便能"朦朦胧胧"地读懂这副对联。

我熟悉唐诗宋词,特别喜欢李商隐的《无题》诗。撰这副对联时,我马上想到他的两句诗:"身无彩凤双飞翼,心有灵犀一点通。"用"彩凤双飞"和"灵犀一点"这两个名句来破题,会让人自然联想到李商隐的这首诗。诗中的"身无"与"心有"两句相互映照,组成一个包蕴丰富的矛盾统一体。相爱的双方不能会合,本是深刻的痛苦,但心心相通,却是莫大的慰藉。仅仅八个字,便道尽了《无题》诗的内涵。这两句对仗工绝,无懈可击。

上联第二分句的"林中作曲",化用唐代武三思乐府诗《仙鹤篇》中的"琴中作曲从来易"。下联的"叶上题诗"出自另一位唐代诗人顾况的七言绝句"叶上题诗寄与谁"。

这副集句联,"彩凤双飞,灵犀一点"是全联的亮点。接下来的"林中作曲"一句,用借音对的技法,"林"字之音借为"琴"字之用。"林"与"叶"同为植物,词性小类相同,使对联更"工"。"林中作曲"应对下联的"叶上题诗",不但工绝,而且一语双关。"中"对"上"为方位词相对。"作曲"对"题诗",同为文学类动词。

全联既道出客天下宜人的绿色,又写出了一对"彩凤双飞,灵犀一点"的有情人,在林中作曲、叶上题诗

("红叶题诗"),并把"天赐阁"嵌入联中,真是"天赐"之良"缘"!这一联的平仄句式,也正是律诗马蹄韵的句式,读来朗朗上口,余韵悠长。很多著名诗联大家称赞此联"珠联璧合、一气呵成,浑然一体、情景交融,没有一点拼凑之痕"。

  写作集句联,如何做到得心应手,信手拈来?除了平时熟读古代诗、词、曲、赋、碑帖并充分理解其内涵之外,还应勤于思考,勤于动手。持之以恒,日积月累,方可厚积而薄发。

第四章 对联分类写作技巧

前面梳理了有关对联的一些基本知识,讲解了对联写作的一些规则和几个关键问题。下面按照对联的分类,结合名联分析,讲一讲对联的写作技巧,希望读者朋友能从中有所收获和启发。

第一节 佳节时令联

世界上无论哪个民族,都有自己的传统节日。节日,是一个民族的信仰,也是这个民族的精神寄托。人们有了信仰,才有民族精神的自信。

一、佳节时令联概说

中华民族的传统节日,除了春节之外,还有元宵节、清明节、端午节、中秋节,等等。

古代,在一些主要的传统节日里,各地城乡都会举办应节的庙会，搭戏台请戏班子演戏，猜灯谜等。庙会的门口、戏台上，悬挂或张贴着专门为这些节日撰写的对联。

例如元宵节，又叫灯节，被文人墨客称为中国的"情人节"。据说，古代女子一般的节日是很少（或者不许）走出家门的，尤其是未婚的女子。明代戏剧大师汤显祖《牡丹亭》中的杜丽娘，二八年华，连自家的大花园都未曾去过。古代女子不许轻易走出家门，但元宵节是个例外。这天晚上，未曾出阁的小姐，也可以带上丫鬟，去看花灯，或与情人约会。南宋女词人朱淑真写过一首著名的《元夜》诗：

  火树银花触目红，揭天鼓吹闹春风。
  新欢入手愁忙里，旧事惊心忆梦中。
  但愿暂成人缱绻，不妨常任月朦胧。
  赏灯那得工夫醉，未必明年此会同。

这首诗回忆的是去年元宵节与情人在灯节约会的旧事。又如宋代著名诗人欧阳修的《生查子·元夕》词：

  去年元夜时，花市灯如昼。
  月上柳梢头，人约黄昏后。

> 今年元夜时，月与灯依旧。
>
> 不见去年人，泪湿春衫袖。

这阕词以一个女子的口吻，描写其欲借元宵节晚上看灯的机会，与分别了一年的恋人约会，结果则是"月与灯依旧"，却"不见去年人，泪湿春衫袖"的可怜情景。

中秋节是仅次于春节的大节。按照历法，农历八月在秋季之中，为秋季的第二个月，称为仲秋，而八月十五又在仲秋之中，民间对中秋节的叫法颇多：八月节、八月半、月夕或月节。在唐代，人们还称中秋节为端正月、团圆节。《西湖游览志余·熙朝乐事》："八月十五日谓之中秋，民间以月饼相遗，取团圆之意。是夕，人家有赏月之燕，或携榼湖船，沿游彻晓。苏堤之上，联袂踏歌，无异白日。"《帝京景物略·春场》："八月十五日，祭月。其祭，果饼必圆，分瓜必牙错瓣刻之如莲花……女归宁，是日必返其夫家，曰团圆节也。"

以前，每逢传统节日，不但举办各种活动，还会撰写、张贴各种应节的对联。

1. 元宵节联。如：

> 光天满月；
>
> 火树银花。

一曲笙歌春似海；
千门灯火夜如年。

2. 清明节联。如：

痛心伤永逝；
挥泪忆深情。

3. 端午节联。如：

榴花彩绚朱明节；
蒲叶香浮绿醑樽。

龙舟竞渡，不忘楚风余韵；
诗台抒怀，更忆圣哲先贤。

4. 中秋节联。如：

冰壶含雪魄；
银汉漾金波。

一曲霓裳传玉笛；
四围云锦拥金徽。

1985年，我在广东梅州创办了芸香实业有限公司，生产月饼。为了打开月饼销路，当年自费举办了"芸香杯"中秋征联大奖赛，至今已办了十八届。每届很多佳作都被全国众多联家收录。其中有一年我的出句是：

风月满楼，花笺名苑香千载；

获一等奖的是当代著名联家、山西大学罗元贞教授，他的对句是：

云烟半谷，草径杨堤翠一溪。

出句诗情画意，说的是中秋美景。上联的"花笺名苑"为句中自对，下联对句相同位置的"草径杨堤"也是自对。上下联第一分句"风月"与下联"云烟"为气象小类相对，"满楼"对"半谷"为数量词相对；上联句尾"香"与下联"翠"同为形容词，"千载"对"一溪"为数量词相对。上联句尾三字平平仄，下联句尾三字仄仄平。全联对仗工整，平仄和谐，吟诵起来如诗如画。

5.重阳节联。如：

三三令节；
九九芳辰。

步步登高开视野；

年年重九胜春光。

以上这些应节对联，现在不大用了。在佳节时令类对联中，使用范围最广的是春联。

二、春节与春联

过春节俗称过年、过大年。过年的时间很长，传统习惯从过小年开始（南方人称过小年为"入年架"；"小年"的时间也有差别，有的地方是腊月二十三，有的地方是二十四）。农历腊月三十为"旧年"的最后一天，叫除夕。春节期间，一系列富有传统文化色彩的节日活动，让人感受到传统民俗的魅力。我国有一首广为流传的民谚：

二十三，祭灶神；二十四，写大字；二十五，扫尘土；二十六，炖猪肉；二十七，杀年鸡；二十八，把面发；二十九，贴倒酉（贴春联和倒贴"福"字）；三十夜，守一宿；新年到，接财神。

在古代，无论城市还是乡村，除夕团圆饭前千家万户都要换桃符，现在叫贴春联。现如今，凡是中华民族的子孙，无论身处何地，也无论高官巨贾还是平民百姓，过年时都要贴春联。

春联是古代由门神衍变成桃符，再由桃符衍变而成的。春联的来历前面已经讲过，这里讲一下春联的载体（写春联用的红纸）。明太祖朱元璋定都金陵（今南京），于除夕前忽然传旨："公卿士庶门上须加春联一副。"民间传说，明太祖令对联所用纸笺必须朱砂染色，名为"万年红"，象征千家万户兴旺发达和大明江山世代永存。从此，桃符衍变成了春联，至今已经650多年。

清朝康熙、乾隆年间，写春联用红纸，又增加了一种由红宣纸印上金纹的龙凤、麒麟、锦鲤等吉祥图案为底花纹的瓦当宣纸。这种宣纸，原先仅用于皇家宫殿、官宦富贵人家，后来由于产量的增加，普通的百姓人家也逐渐使用起来。这种宣纸制品，由于加入了矿物质的原料，能经得起日晒雨淋，久不褪色，深受人们的喜爱。以红纸为载体的春联，都是用红纸写黑字，粗放型的，无须装裱。据学者白化文引朱家溍说，清宫有用暖色的洒金笺、桃红的虎皮宣等书写的对联，但这在民间并未见有人用过。

"文革"结束后的1977年，我在全国首先"发明"了用红纸写金字的对联。如今，春联不但有红纸写黑字，还有更多的变成了写金字、印金字，有的还印上五颜六色的花边，琳琅满目了。

按照祖先换桃符的习俗，无论新旧，都必须一年一换新的。所以，现在我们贴春联，实际上就相当于我们祖先流传下来的一年一换桃符，象征除旧迎新。

另外，春联大部分都是四至七言的短联，极少数人家会使用九言以上且有分句的长联。就连现代建筑的套房门上，也是以七言的对联最为通行。春联纸张的尺寸，按门两边的墙体大小而定，并无具体规定。

自古以来，人们把自家门上贴的春联看得很重。"书春"（写春联），不但可以在春联里总结过去一年的收获，更祈望新的一年有着更加美好的前景。

三、春联写作要求

经过一千多年的积累，对联写作已有了一些基本规则。明代以后，春联成为对联的一个重要门类，其写作规则，包括平仄声律、对仗等技法，也和其他对联基本上是一致的。但是，从春联的起源和衍变过程看，它不但是迎新除旧、团圆喜庆的喜联，还是镇鬼压邪的"神器"呢！对联的写作，还有几点特别要求。

第一，春联要注意公共性。现在大部分春联，都是在征联活动中创作的通用居家春联。也就是说，这春联如果不是专为你家写的、用的，就一定要有公共性。所谓公共性，就是说这副春联是为大家创作的，适用于任何人家。下面这些传统的经典居家春联，有的沿用了几百年，还让人有常用常新之感。

四言居家春联：

一元复始；
万象更新。

人臻五福；
花满三春。

三阳开泰；
六合同春。

五言居家春联：

人随春意泰；
年共晓光新。

日融花解语；
烟暖柳摇春。

七言居家春联：

一元二气三阳泰；
四时五福六合春。

天增岁月人增寿；
春满乾坤福满门。

云间瑞气三千丈；
堂上春风十二时。

平安竹长千年碧；
富贵花开一品红。

又是一年芳草绿；
依然十里杏花红。

第二，既然是春联，一定要有"春消息"。所谓"春消息"，就是春联的内容要体现出春天的景象和气息。创作春联时，常用一些有春意特色的字、词、成语和对偶句。如：

植物：松、杨、柳、梅、兰、竹、桃、杏、花等。

动物：莺、燕、鹊、凤、鹏等。

器物：烟花、爆竹、笙箫、锣鼓等。

颜色：红、黄、绿、金、碧、紫等。

气象：风、雪、云、霞、日、月、光辉、紫气等。

第三，春联要写得喜气洋洋。春节是中华民族最重要的传统节日，是阖家团圆的喜庆日子，所以，春联要把表达欢乐、平安、健康、纳福、发财等的吉祥话写进去，一定要写得喜气洋洋。

第四，不要写成内容合掌的春联。写春联最容易出现内容合掌，如"五洲"对"四海"，"神州"对"赤县"，

"兴伟业"对"展宏图",这是写对联的大忌。现在市场上出售的印刷品春联,往往就犯此大忌。创作时一定要注意。

第五,撰写春联必须用古四声。新编的《中华通韵》,按其说是给写新诗的人用的,写作近体诗和对联都不能用。春联中最常用的字,有的古四声和现代汉语读音不同,切切注意!如"福"字,现代汉语是阳平,属平声,可是古音读入声,属仄声。"住宅"的"宅"字、"发财"的"发"字古音也是入声。古今平仄不同的字还有很多,需要注意,创作时遇有疑问,要随时翻阅《辞源》或《汉语大词典》等注明古音的辞书。再不然,翻《佩文诗韵》,也可查到你要用的字的读音,确定是平声还是仄声。

第六,创作春联,还有个快捷的办法,可以在现成的吉利成语中,找到很多对偶的、词性相同或相对的成语来使用。另外,唐诗、宋词和"联话"类的图书里面,也有很多优美的描写春天的句子,可摘抄来使用。

第七,春联不能用生字、僻典。春联不但要写得喜气洋洋,更要写得通俗易懂,达到雅俗共赏的目的。当然,也可适当用典,但这个"典"要让普通人一看便知道你写的是什么。

第八,提倡写新春联。新春联有新气象,可以将当下的家事、国事、天下事写入对联,但用词要恰如其分,不要过于浮夸、渲染，避免用套话、空话、大话，更不要把春联写成标语口号。

第九，春联一定要注意一些文字内容的禁忌。春联除了要写吉利喜庆的话之外，还要避免不吉利的字词及其同音、谐音的字词入联。

总之，只有那些内容积极、感情真实、文学性突出、形式与内容和谐统一的春联才能真正打动人、感染人。

四、春联的横批

（一）春联横批写作注意要点

春联的横批是十分重要的。但是，我们很多对联作者和书法家，都忽视了这个问题。并不是随便什么词语都能用作横批的，要注意如下几点：

第一，横批的意义，要能包含上下联的意思。例如春联用"一夜东风苏万物；九天甘露沛群生"，横批用意思太窄的，如"五谷丰登"或"鸟语花香"便不大合适，用"春满人间"或"四海同春"就更有概括力。

第二，内容最好要与上下联有关。例如春联用"夹岸暖分杨柳色；绕阶春茁蕙兰芽"，横批就不能用"财运亨通"或"和睦家庭"，如用"莺歌燕舞"或"淑气盈门"就更好。

第三，风格上要与上下联相近。例如春联用"云间瑞气三千丈；堂上春风十二时"，那横批就不要用"长发其祥"

或"丽日抒怀",用"满门吉庆"或"五福临门"就更好。

第四,不要用与上下联重复的字。例如春联用"玉树暖迎沧海日;珠帘光动锦城春",横批就不能用带有"春"字的,可用"吉庆有余"或"风调雨顺"。

第五,姓氏春联基本上都是"藏头格"的,这叫"实额"。这类春联以其郡望或堂号作为横批,是可以的。

(二)常用春联横批

春联的横批大都是四言的,仅有一小部分为二言的,如"鸿禧""春禧""迎春"等。三言的较少,大都是配搭姓氏祠堂联的郡望或堂号,很少是通用的。下面是常用四言横批:

安居乐业	百福骈臻	百花迎春	百业兴旺	长发其祥
春安夏泰	春到万家	春风得意	春风浩荡	春风惠我
春风及第	春风绣宇	春光明媚	春光万里	春光永驻
春和景明	春回大地	春节快乐	春来喜气	春满乾坤
春满人间	春满神州	春舒锦绣	春意盎然	春韵和美
大地回春	发家致富	繁荣富强	奋发图强	丰衣足食
风调雨顺	风光绚丽	恭贺新禧	光明在前	光前裕后
国强民富	国泰民安	和睦家庭	阖家欢乐	华夏腾飞
欢度春节	惠风和畅	吉庆有余	吉祥如意	佳节长春
江山多娇	江山如画	锦上添花	锦绣河山	九州同春
丽日春风	丽日抒怀	连年有余	满门吉庆	满园春风

民殷国富	普天同庆	气象万千	千祥云集	前程似锦
勤劳门第	人杰地灵	人勤春早	人寿年丰	瑞气临门
瑞雪报春	瑞雪丰年	三星高照	山清水秀	神州春晓
神州永春	时和岁丰	四海同春	四季长春	四季平安
四时同春	松柏长春	桃李争春	天顺人和	万民同乐
万事如意	万事胜意	万事遂意	万物生辉	万象呈辉
万象更新	万象星辉	万众一心	文明昌盛	五福临门
五谷丰登	物阜民丰	物阜民康	物华天宝	喜气盈门
喜庆有余	喜迎新春	笑语盈门	欣欣向荣	新春宜人
新年大吉	新年吉庆	旭日东升	旭日临门	旭日祥云
绚丽华夏	莺歌燕舞	迎春接福	娱乐升平	云蒸霞蔚
紫气东来				

五、春联技巧分类例析

有些联书,将春联划分为通用春联、居家春联、生肖春联、干支春联、行业春联、农村春联、名人春联等十多个类别。其实,分类越多,越显繁杂。从实际需要看,春联分为居家春联、行业春联和个人春联三个大类就很好,也够用了。

几十年来,我策划并主持了几十次全国规模最大的楹联大奖赛。这些活动,我负责收稿并担任初评负责人,还与国内外著名联家一起,参与所有大赛的复评、终审工作,对春联的写作与评析了解颇深。现按春联的分类,选录古今优秀作品,赏析其写作技巧,帮助读者提高写作水平。

(一)居家春联

1.居家春联之一:经典春联

(1)四言春联

风调雨顺;
国泰民安。

这副四字的经典短春联,文词简允,平仄合律,对仗工整,音韵和谐。上联"风"对"雨"叫一字自对,平行词联结成"风调"对"雨顺";下联"国"对"民"也是一字自对的,联结成"国泰"对"民安"。上下联都是名词从宽,又可两两相对。上联的韵律是平平仄仄,下联则为仄仄平平。这是一副典型的平行词句中自对,上下联又两两相对的经典名联。

(2)五言春联

五代后蜀主孟昶题写的这副五言春联,当时叫"桃符":

新年纳余庆;
嘉节号长春。

从字面上看,此联充满了对新年祈祥纳福的渴望,寄托了作者对幸福未来的美好向往。全联对仗非常工整，"新年"对"嘉节"，"纳"对"号"，"余庆"对"长春"，均两两相对。此联的声调节奏是"二一二"式，上联平平仄平仄，下联平仄仄平平，平仄音律符合五言律诗的常见变格。

（3）七言春联

清代对联大家郑燮题撰的正格春联：

> 春风放胆来梳柳；
> 夜雨瞒人去润花。

作者采用拟人的修辞技法，把"春风""夜雨"当作人来写。上联说春天来了，春风如人一样，不知羞涩地放开胆量来"梳理"初春刚发芽的柳枝；下联说夜幕降临，春雨趁着朦胧夜色的遮掩，偷偷地瞒着人们，去"滋润"娇嫩的鲜花。上下联分别通过春风、春雨情态的描绘，展现妩媚迷人的春色。特别是把春风和夜雨写得和人一样有灵性，春天的气息呼之欲出！

在对仗方面，"春"对"夜"为时间类名词相对，"风"对"雨"为气象名词相对，"放"和"瞒"均为动词，"胆"对"人"为名词相对，"来"对"去"为动词相对，"梳"对"润"又是动词相对，"柳"对"花"为花木类名词相对。"放胆"与"瞒人"，"梳柳"与"润花"均为动宾结构，更显其工绝。

在平仄声律方面，上联是平平仄仄平平仄，下联是仄仄平平仄仄平。朗朗上口，和谐动听。难怪这副春联永不过时，常用常新。

（4）长联

放一夜花炮，轰得新年，闹闹热热，大家想过好日子；

开两扇大门，请进喜神，齐齐整整，小孩预备出风头。

放爆竹、接财神是过年必备的两个传统习俗。此联紧扣年俗，文字通俗，别开生面，对仗虽较宽，平仄也有不协调处，但新春特有的欢乐气氛跃然纸上。

写通俗易懂的经典春联，人人喜欢。我1977年开始卖春联，那时我还不知道什么叫词性、对仗、平仄音律，只知道上联尾字用仄声，下联尾字用平声。但为了生计，我以家乡人的过年习俗，撰写了一副"大实话"春联，竟然卖了几百副：

煎圆甜粄家家是；
纸炮对联户户春。

"煎圆"就是炸糯米丸子。"甜粄"是以糯米为原料做成的年糕。"纸炮"指爆竹。这些都是客家人过年的必需品。

2. 居家春联之二：生肖或干支春联

（1）切合生肖年份。通用生肖春联的写作，除了要遵守通用经典春联的一些规则外，还要特别注意：生肖春联要切合生肖年份。生肖春联还有通用和专用之分。通用生肖春联家家户户都可以使用。这种春联，在联语中或明或暗嵌入了十二生肖的名称。春节是中国的农历年，根据生肖有牛年、马年、羊年、猴年等十二生肖年之分。所以，生肖春联必须按当年的生肖来创作，也要按当年的生肖来张贴。例如今年是牛年，就不能贴马年的春联，不然，就"牛头不对马嘴"啦！

足承虎步；
势启龙章。

这一副春联是2010年"客天下杯"楹联大奖赛的参赛作品，作者是云南的廖智慧。兔年的前一年是虎年，后一年是龙年，这副生肖春联有意隐去了兔年之"兔"字，以"虎步"承前，以"龙章"启后，足见作者思考之周密，立意之高雅。"承"对"启"（动词），"虎"对"龙"（动物，名词），全联对仗工整，音韵和谐。尤其上联"虎步"仄声低沉，下联"龙章"平调高昂响亮，彰显出对联声律节奏特有的韵味。此联被评为当年的春联一等奖，还被参加中国楹联学会第五届楹联论坛的一百多位联家评为"客天下杯"楹联大奖赛第一轮的总冠军。

对联是雅俗共赏的文体,尤其是春联,不能使用生字、僻典。但春联是不是绝对不可以用典呢?"客天下杯"兔年的楹联大奖赛,广东柯明铮参赛的一副七言春联:

争春莫效守株待;
竞富应当破壁飞。

这副春联不但用了"典",还用了一个家喻户晓的民间故事,出奇制胜。我这辈子看过很多古今联集,也当过几十届春联比赛评委,好春联当然不少,尤其是生肖新春联,但像这样立意、创作,是极少的。作者上联以"守株待兔"这个成语,有意隐去兔年之"兔";下联化用"金龙破壁"这个民间故事。上下联结构工整,词性相同,平仄音律和谐,为一副优秀的生肖新春联,获得当年的七言春联一等奖。

(2)注意生肖春联的用词。在十二生肖中,有的生肖给人的印象不佳,如鼠、蛇、狗、猪的生肖春联都不好写。2013年是农历蛇年,湖北梁和平创作了一副生肖春联:

春至小龙舞;
梅开中国红。

作者把"蛇"美喻为"小龙"。上联写春天到了,"小龙"起舞,一派盎然春意;下联写红梅绽放,中国大地处处姹紫嫣红。这副春联立意鲜明,颇具时代性,写出了春天的气息、中华民族的精神。全联巧妙地把蛇年写得生动活泼,饶有趣味,而且对仗工整,平仄协调,音韵和谐,堪为上乘之作。

下面这些传统通用生肖春联,写得也很好。按照我国的农历历法,十二生肖每十二年一个轮回,这些春联可在任何一个相对应的生肖年份使用。

兔年通用生肖春联:

玉兔迎春到;
黄莺报喜来。

龙年通用生肖春联:

破壁神龙舞;
迎春紫燕飞。

蛇年通用生肖春联:

金蛇披彩新春到;
喜鹊登梅报喜来。

通用的生肖新春联,只要用功,也能写得很好。写作生肖春联应尽量避免在对联中出现狗、猪这些生肖的名称,可用干支或地支取代。如2008年是鼠年,干支为戊子年,下面两副为"藏头格"的干支春联:

戊年祈福;
子舍承欢。

戊茂蕃庶物;
子孙乐丰年。

几年前的大年三十,一座豪华别墅小区大门上的一副春联特别刺眼。因为当年是鸡年,第二天就是狗年了,但这副春联写的是:

金鸡争报晓;
玉犬喜迎春。

"金鸡"对"玉犬",对仗颇为工整,平仄也很协调。但是,上联"金鸡"后面的"争报晓"用得就不对了!为什么呢?因为这报的"晓"当然是明天的拂晓,但当晚12时后就是"狗"年了,"鸡"都走了,怎么还在争报晓?用词完全错误。下联"玉犬喜迎春"是对的。这副春联,

"鸡"还在"争报晓","狗"又来"喜迎春"了!使人摸不着头脑,写的到底是鸡年还是狗年?所以,创作生肖春联,除应注意当年的生肖属年外,还要注意用词。

2021年是牛年,还是这个地方,贴的这副春联又出了洋相:

牛转乾坤;
牛年大吉。

这算什么春联?上联有"牛",下联又有"牛"!口号不是口号,成语不是成语,可笑至极!

顺便强调一下,现在有一个怪现象,很多人对春联内容的选择不讲究,认为只要写的是吉祥话就行,这是不对的。同是吉祥话,有的就不一定适合你家用。门上所贴对联的内容,在某种程度上体现了你家的文化素质,甚至是你家的道德观念。因此,对于对联内容的选择,是一点都马虎不得的。

3.居家春联之三:姓氏春联

姓氏春联,指姓氏宗祠在春祀祭祖时张贴于宗祠门上的对联。中华民族信仰的不是"上帝",也非"佛爷",而是与自己有血缘关系的祖宗。所以,子孙们每年都会到自己的宗祠去祭拜祖先。这种姓氏祠联,包括大门横额(实额)上书写的堂号或郡望,联语内容固定不变,但每年都会重新书写，换新的。如陈姓的堂号是"颍川堂"，门联是：

    颍川世泽；
    太史家声。

或者：

    颍川世泽；
    太傅家声。

张姓的堂号是"清河堂"的，他的门联是：

    清河世泽；
    唐相家声。

或者：

    青钱世泽；
    金鉴家声。

  有意思的是，现在很多民居别墅也用这种形式，且多用"藏头格"联。

(二)行业春联

顾名思义,行业春联就是结合行业特点而撰写的春联。明太祖朱元璋给屠户写的这副春联,可以说是最早的行业春联:

双手劈开生死路;
一刀割断是非根。

此联内容切合主人所事行业之特点,写得生动形象,诙谐有趣,入木三分。"劈开"和"割断"是动补结构相对,"生死"和"是非"既上下相对又是句中自对。句式节奏为二二三,上联平仄平平平仄仄,下联仄平仄仄仄平平。全联一气贯注,势如行云流水,明快畅达。

政府机关、文化教育单位(旧时叫书院学堂)、医疗卫生机构、工矿企业、茶楼戏台等,撰写、张贴的对联,只要体现行业特色,都可以叫行业春联。

政府机关春联:

风正民心顺;
政通国运昌。

勤政爱民成德业;
深谋报国见仁心。

教育单位春联：

十年树木千秋业；
一望江山万里春。

电厂春联：

锦绣江山添色泽；
光明世界增辉煌。

另外，还有一种通用行业春联，同一行业均可使用。因行业很多，这里仅举几个例子。

通用理发店春联：

修就一番新气象；
剪除千缕旧东西。

通用茶叶店春联：

舌雀未经三月雨；
龙芽先点一时春。

通用糖果店春联：

往来尽是甜言客；
谈笑应无苦口人。

通用酒楼饭店春联：

风景殊十里；
春风总一家。

美味招来八方客；
佳肴香满一店春。

（三）个人春联

个人春联，即个性化春联，是春联这一门类中最早出现的。个人春联的内容各异，大致与个人的地位、职业有关。这种春联都是按作者的意思去创作，一般只是自己用，别人用不了。

清代宁波名医范文甫，一生以治病救人为己任，虽然家境贫寒，但其意志不改。一年春节，他自题春联以自慰：

但愿人皆健；
何妨我独贫。

张大千除夕题联：

> 风景不殊，百本梅花为老伴；
> 日月其稔，三杯竹叶祝新年。

著名画家张大千20世纪50年代移居巴西，60年代末迁居美国。这是张大千旅居美国时除夕夜题的一副春联。上联说，这里的风景和故国没有什么不同，仍然是以梅花"为老伴"。"风景不殊"出自《世说新语·言语》："风景不殊，正自有山河之异。"下联说，岁月丰收，我要以几杯酒来祝贺新年。"竹叶"指竹叶青酒。此联内容紧切春节，对仗上也极讲究，无一字不工。尤其"梅花"与"竹叶"的借对，犹如神来之笔。

"长联圣手"钟云舫的春联：

> 不读诗书，恐累儿孙添俗骨；
> 能安贫贱，偏于文字起贪心。

这副家教一样的春联，教育读书做人的道理，把那种"诗书世家""耕读世家"的生活描写得惟妙惟肖。

喜欢自题春联的文化人，特别喜欢总结过去，展望新年，把自己的愿望、期盼或祝福都写在春联里。如国民党的元老、著名诗人于右任在抗日战争胜利前题的一副春联：

寒尽春回,自觉融和生意满;
阳开运转,即看胜利曙光分。

现代书法大家启功的春联:

流水断桥芳草路;
淡云微雨养花天。

本联为颂春之作。联语以流水、断桥、芳草描写了春天的景色,以淡云、微雨描写了春天的气候。"芳草"常用以比喻忠贞的美德。"养花天"指春天适合百花生长开放的气候。借颂春,表达了美好的情操和环境。对联用词清丽,充满诗意。

当代书法家沈鹏,也喜欢自题春联。2012年是农历壬辰年,他自题了一副龙年生肖春联:

龙孙吐节存高远;
凤羽摩云振大千。

制毛笔的竹子,称为"龙孙"。"凤羽"是毛笔的别称。联中以"龙孙吐节"巧对"凤羽摩云","存"对"振","高远"对"大千",殊为工绝。这副春联不但他自用,我与他师友多年,他知道我喜爱他的书法,同时书赠一副送我。联句与书法俱佳,笔力千钧,秀里藏锋,气象万千。

下面这副古代读书人的个人干支春联,写得也很好:

丁卯桥边春水活;
酉山穴里古书香。

这副春联,联首用"藏头格"嵌当年干支"丁""酉"两字。联语撷取与之相关的诗书典故,渲染读书人家的书香气息。上联典出唐代诗人许浑,他为人好学,晚年居润州(今镇江)城南丁卯桥边,著有《丁卯集》。"春水活"化用宋人朱熹《观书有感》:"问渠那得清如许,为有源头活水来。"联语又点出一个"春"字,说明新春来临、春意盎然的氛围。下联的"酉山"指大小酉山,在今湖南沅陵境内,《太平御览·荆州记》载,此山"石穴中有书千卷",后人遂以此借喻藏书丰饶之处。家多藏书,自然充满古书之香了。这副春联,用典深奥,也只能文人自己使用。

20世纪60年代初自然灾害时,我家乡一位小学教师撰写的一副春联,虽算不上佳作,但写得实实在在,我至今记忆深刻:

乐事漫谈瓜菜茂;
吾侪欢呼稻粮丰。

"吾侪"客家话是"我们"的意思。"乐事"对不上"吾侪",属宽对。这副个人春联,立意明确,深刻反映了这户人家当年的处境和心情。

六、应征春联写作注意事项

我们先从2009年第一届"客天下杯"楹联大奖赛说起。这届征联启事在《人民日报》和《羊城晚报》上刊出,央视、新华社等全国各大主流媒体都发了新闻。奖金之高,规模、影响之大,前所未有。时任中国楹联学会会长孟繁锦称这次活动为中国联坛的"奥林匹克"。

当年参赛作品众多,优秀作品不少,但确实良莠不齐。应征作品多有不足之处,主要问题出在哪里?因篇幅所限,略作分析。

(1)对征联的主题了解不清,春联的立意普遍不高。

(2)春联犯合掌的很多。除了内容很多合掌之外,在对联的重要位置(即句腰),平仄声律合掌的最多。

(3)提倡写新春联,但很多人把对联写成标语口号。

(4)很多春联写得上强下弱。

(5)上下联各有两个或三个分句的对联,分句的句尾字同声落脚。

另外,作为春联大奖赛,无论作者还是评委,都忽略了最重要的一点:通用春联必须有公共性。如四字春联获奖作品:

一等奖：

邀天下客；
赏岭南春。

二等奖（第1名）：

客都春暖；
人境风清。

二等奖（第2名）：

梅红两岸；
春绿一江。

一等奖和二等奖第1名的两副春联，立意、对仗、平仄写得很好，但都缺乏公共性。尤其是二等奖第1名的四字联，属于个人春联。因为上联的"客都"指的是梅州市，下联的"人境"指的是人境庐，为梅州黄遵宪的私家别墅。

被评为二等奖第2名的四字春联，虽然上下联第一字的"梅"与"春"同为平声（一三五不论），平仄比不上前两副工整，但立意、对仗都很好。最重要的一条，在公共性方面，这副春联就比前面两副写得好。这副春联任何地方、任何人家都可用，比较一下，应该评为一等奖才对。

下面这副是当年获七字春联一等奖的作品：

> 万树红梅君子气；
> 千秋赤胆客家风。

对联本身写得很好，尤其"君子气"对"客家风"的结语，写出了意境。但这副春联也缺乏公共性，只能在客家地区使用。还有一点，七字联的第四字是句腰，上联的"梅"是花卉，下联的"胆"是人体，虽都为名词，但小类不同，评为一等奖是不妥的。

获奖作品公布后，便有人提出异议：作为春联，缺乏公共性，不能获大奖。评委们在事后也认识到这个重大失误。在后来的历届征联评选活动中，终评时为此专门设定一条规则，并由一位评委负责监督，避免发生同样错误。

第二节　地理名胜联

一、地理名胜联概说

风景优美或有古迹的著名地方，称为名胜。我国幅员辽阔，历史悠久，文化多样。地理名胜景观数不胜数，既有山川湖海等自然景观，又有文物遗迹、宗教建筑、园林别墅等人文景观。

古往今来，山川形胜留下的众多极富诗意的对联佳句，叫地理名胜联，又称为胜迹联、胜景联。在著名的联作中，地理名胜联占了很大部分，内容之丰，数量之多，分布之广，堪称奇绝。它熔书法、绘画、雕刻、建筑艺术于一炉，瑰丽典雅，在中华民族文化史上留下了光辉灿烂的一页。

二、地理名胜联技巧分类例析

下面按地理名胜联的分类，逐类举例讲述。

（一）名山大川联

李渔题庐山绝顶联：

足下起祥云，到此者应带几分仙气；
眼前无俗障，坐定后宜生一点禅心。

此联作者李渔，字笠鸿，号笠翁，浙江兰溪人。明末清初文学家、戏剧家、戏剧理论家、美学家。善写小说，尤精音律谱曲。一生著述颇丰，有《笠翁全集》行世。其韵书《笠翁对韵》对后世影响最大。

庐山绝顶，即大汉阳峰，在江西庐山东南部，是庐山最高峰，峰顶为汉阳台，据说在清风明月之夜，可看到汉阳灯火。

上联"足下起祥云"是从庐山云彩的角度来烘托庐山之山高，云为高空之物，都起于"足下"，可见庐山高标出世，登临者也会沾染上几分仙人之气，切合庐山绝顶的风光；下联的"眼前无俗障"，即世间的种种艰难困苦之事，在登山后抛却脑后，由动而静，故而宜生禅心，以利个人品质的修行。这样映衬的结果，不言高而自高，不言奇而自奇，突出了庐山的特征。联中人与物合而为一，以"仙气""禅心"之状，尽显超凡脱俗之气。

"足下"与"眼前"都是名词加方位词结构，"祥云"与"俗障"都是形容词加名词结构，"应带"与"宜生"都是副词加动词结构，"仙气"与"禅心"都是偏正结构名词，"到此者"对"坐定后"所对欠工，但全联对仗还是较为工整的。

这联为五九句式，读作："足下、起祥云，到此者、应带、几分、仙气；眼前、无俗障，坐定后、宜生、一点、禅心。"后一分句上联的"者"字，宜用平声但实用了仄声，但这小疵并不影响整个联意。

(二) 亭台楼阁联

梅州客天下牡丹亭联：

满引唱新词，花花草草，风流万种亭前柳；
千秋传彩笔，死死生生，潇洒一枝月下梅。

为纪念汤显祖逝世四百周年，梅州客天下景区建造了一个牡丹亭。这副对联是我应邀为牡丹亭而创作的，镌刻在亭柱上。

《牡丹亭》（原名《还魂记》）是我国明代著名戏剧家汤显祖的"玉茗堂四梦"之一，成就最高。牡丹亭是梅州客天下景区的地标性建筑，亭名是我请当代著名书法大家沈鹏题写的。这副对联创作完成后，由时任中国楹联学会会长、著名书法家孟繁锦用隶书书写。

在撰写这副对联之前，我进行了认真构思。先是去现场量了牡丹亭柱子的高度，确定这副楹联应该用十五至十七言的联语。

我喜爱戏剧，尤喜昆曲，对汤显祖的《牡丹亭》十分熟悉（在汤显祖逝世四百周年时，写过一篇散文《大师的遗梦》）。汤显祖虽才华横溢，但一生仕途坎坷。十四岁考中秀才，二十一岁便中了举人，然而到三十四岁才中进士。因为他自负甚高，得罪了万历皇帝和当朝权贵，被罢了官。最后看到前途无望，只得把"修身治国平天下"的抱负，寄托在戏剧上。因为没个"为欢处"，只能"白日消磨断肠句"，但这并非他的本愿。晚年他穷困潦倒，在"竹篱园蔬，鸡埘豚栅"中艰难度日。《明史》以"蹭蹬穷老"四个字评价这个可怜的戏剧大师。

我在构思时，决定把《牡丹亭》这一戏剧中的"灵魂"，即第十二出《寻梦》中杜丽娘的唱词"花花草草由人恋,生生死死随人愿",嵌入这副对联中。

上联以"满引唱新词"破题。"满"字是个多义字,这里的"满"字,是当作数词用的。这里的"引"是指乐曲体裁,即乐曲的引子(也叫序奏,马融《长笛赋》曰:"故聆曲引者,观法于节奏。")。"满引"和下联的"千秋"词性相同,而且平仄相对。

上联的第一分句说,乐手拉满弦弓伴奏,杜丽娘满怀情深地唱着汤显祖为她写的悲歌:"花花草草由人恋,生生死死随人愿,便酸酸楚楚无人怨。"下联的第一分句"千秋传彩笔",则化用作家石凌鹤为江西抚州汤显祖的故居"玉茗堂"题撰的长联中的一个分句"梨园传颂千秋笔",应对上联第一分句"满引唱新词"。

上联第二分句,把杜丽娘的唱词"花花草草(平平仄仄)"嵌入联中;为了符合对联平仄,将原唱词"生生死死(平平仄仄)",改为"死死生生(仄仄平平)",嵌入下联第二分句,应对上联。实现了构思时的想法。"花花草草"与"死死生生",平行词叠词句中自对,上下联又两两相对。

最后一个分句,受到宋人周邦彦《渔家傲》"风梳万缕亭前柳"、辛弃疾《鹧鸪天》"又见疏枝月下梅"、程大昌《南歌子》"风流出酒家"、姚述尧《南歌子》"潇洒真仙隐"的启发,用改、摘、集的手法,写成了词性相同、对仗工整、平仄和谐的最后两个分句:"风流万种亭前柳""潇洒一枝月下梅"。出乎意料的"锦上添花",把《牡丹亭》男主角柳梦梅也嵌进去了。这是我构思时没有考虑到的,也正印证了吴小如教授的那句话:"功夫在'联'外。"

这副对联,三个分句尾字,上联是"平仄仄",下联是"仄平平",不合马蹄韵的句式。当年参加第五届中国楹联论坛的海内外楹联名家一致认为,这是一副难得的名联。可见,马蹄韵的诗律,并非明确的联律。

陕西潼关城楼联:

华岳三峰凭槛立;
黄河九曲抱关来。

潼关在今陕西,关城临黄河,依秦岭,占据陕西、河南、山西三省要冲,初设于东汉末年,历来为军事重地。"华岳三峰"指华山的落雁峰、朝阳峰、莲花峰三个主峰。

联语抓住潼关的地理特点,上联写山,下联写水。此联气势雄伟,用笔简洁,用词精练,高度概括了潼关的险要地势。尤其是"凭""抱"二字,把整个潼关景物都写活了,真是关雄地险,妙语天成。"华岳"对"黄河",属于专有名词相对;"曲"为形容词,但取其名词的意义,和"峰"形成借对;"凭槛立"和"抱关来"都是"动词+名词+动词"结构,对仗工巧。

此联的声调是"仄仄平平平仄仄；平平仄仄仄平平"，是标准的七言律诗句式。所选字平声清脆，仄声刚劲，几个动词用得巧妙，吟诵起来有如雷霆万钧，振奋人心。

（三）佛道寺观联

东来寺是美国旧金山的一座寺庙，由梅州旅美华侨捐资兴建。应世界佛教协会秘书长弘化法师之邀，我为东来寺大门撰写了一副对联：

翠竹黄花，法雨西洒东来寺；
长松细草，云雾新开旧金山。

上联的"翠竹"对"黄花"，下联的"长松"对"细草"，且都是句中自对；上联的第二分句"西"对"东"是方位词的句中自对；下联的"新"对"旧"则是一语双关的形容词；上联的"洒"对下联的"开"则是动词相对；上联的"东来寺"和下联的"旧金山"为地名对。此联可以说是一副修辞水平极高的工对。

台湾日月潭玄光寺联：

高潭悬日月；
法幢起国魂。

日月潭是我国台湾最大的天然湖泊，可称为台湾岛上的

"天池"。玄光寺位于湖南滨的青龙山麓，寺中塑有唐三藏法师金身，曾是玄奘法师灵骨暂存之所。正如前面所说，我国的名山大川，多与佛道两教胜地有密切关联。上联写潭水，"高"状潭的位置，以"日月"摹写潭的形貌，一"高"一"悬"，相互对应，生动地刻画了日月潭的高拔与神奇。"悬日月"一语摘用杜甫《陈拾遗故宅》诗："公生扬马后，名与日月悬。"下联写寺幢，"法幢"是古代宗教石刻的一种柱状物，上刻经文与佛像等。"国魂"一词，注入了爱国主义的精神，并冠以动词"起"，应对上联的"悬"，千钧有力。全联对仗工整，仅十言正对联语，意境全出。

（四）园林别墅联

在我国悠久的历史长河之中，人们对山水相拥的生活环境情有独钟，集居住、休闲、避暑、娱乐于一体的园林建筑应运而生，其中既有皇家建造的，也有商贾、官宦、士大夫建造的。规模较大的皇家园林尚存数处，如北京的颐和园、河北承德的避暑山庄等。私人花园别墅更多，古代江南地区特别盛行，尤以江浙一带的水乡为最，如苏州的诸多园林、扬州的个园、杭州西湖的刘庄、绍兴的沈园，等等。

私人园林中最为著名的当属苏州园林，其中拙政园始建于明朝正德年间，是苏州园林中面积最大的古典山水园林，堪称中国园林的代表作。这类私人花园别墅正是陈从周教授在《中国诗文与中国园林艺术》一文中所说的"园实文，文实园"的典范。园林内外文化气息浓厚，有许多诗词楹联，以楹联为最多。

拙政园的大门、重门、厅堂、会客室、书房、花园等处皆题有对联。这些对联不但载体质量高，而且联语、书法也是出自名家之手。如苏州大学钱仲联教授题的拙政园秫香馆联：

> 此地秫花多说部，曹雪芹记稻香村，虚构岂能夺席；
> 四时园景好诗家，范成大有杂兴作，高吟如导先声。

此联第二分句以曹雪芹《红楼梦》中建筑"稻香村"，对范成大的《杂兴作》诗，为专用名词对，可放宽。此联平仄协调、对仗工稳，堪为佳作。

卅六鸳鸯馆是拙政园西花园的主体建筑，精美华丽。南部为十八曼陀罗馆，北部为卅六鸳鸯馆。北厅因池中曾养三十六对鸳鸯而得名。晚清书画家高邕为之题联，原为："绿意红情，春风袅娜；高山流水，琴调相思。"有当代"草圣"之誉的书法家林散之将其改作：

> 绿意红情，春风夜雨；
> 高山流水，琴韵书声。

此八字联，先是平行词自对，上下联又两两相对。工稳的对仗，和谐的平仄音律，显得极为高雅。

拙政园景观很多，塔影亭在卅六鸳鸯馆南，为橘红色八角亭，亭名取自唐代许棠《题慈恩寺元遂上人院》诗"径接河源润，庭容塔影凉"。著名古建筑园林艺术家陈从周题亭联：

阶前花影乱；
桥下水声长。

（五）碑塔牌坊联

我国的四川隆昌境内有很多牌坊，有"牌坊城"之誉。此地建有道光至光绪年间的牌坊十三座，其中北关七座，南关六座，多为四柱三门五楼石质、木牌楼式建筑，系清代牌坊建筑鼎盛时期的典型作品，具有较高的观赏价值和研究价值。范运鹏题联的这座功德牌坊，建于清光绪十三年（1887年）：

师父正义田一千亩，负郭上腴，不靳捐租培族党；
溯亲仁华胄二百载，传家金穴，更留余庆与儿孙。

此牌坊联属宽对，内容、对仗、平仄声律尚可。撰联者生平无可考，可能为乡村秀才。

（六）纪念园馆联

梅州叶剑英纪念园门联：

一代勋名，跃马挥师，诸葛吕端彪史册；
千秋浩气，安邦定策，元戎诗杰誉中华。

叶剑英，梅州客家人，中国无产阶级革命家、政治家、军事家，中国共产党和中华人民共和国的领导人，中国人民解放军的创建人和领导人。为牢记历史，缅怀叶帅的丰功伟绩，家乡人民建了一个纪念园。这副门联，是我应当地有关部门之邀撰写的。

此联使用三国时蜀国军师诸葛亮和北宋太宗时的宰相吕端两位功臣作为比喻，突出叶帅的功勋。

诸葛亮是一位家喻户晓的历史人物，刘备在成都称帝时拜他为丞相。诸葛亮一生运筹帷幄，智谋高超，小心谨慎，全心全意辅助刘备父子匡复汉室。成都武侯祠有联曰：

此老不工画，不善书，不精杂诗，压倒蜀魏吴中几多伪士；
其人可托孤，可寄命，可临大节，算来夏商周后一个纯臣。

吕端是北宋太宗时的宰相，遇事顾全大局，为官清正廉洁，其"小事糊涂，大事不糊涂"的处事原则为宋太宗所肯定。

"元戎"意为统帅、元帅，"诗杰"即杰出的诗人，联中都是指叶剑英。

叶剑英纪念园位于其故居的梅州市梅县区雁洋镇虎形村。正大门以花岗石建造，门额上横书"大智若愚"。这四个字是叶剑英一生品格的真实写照。我们知道，叶剑英作为杰出的革命军事家，一生大多在"参谋长"这个位置上。1924年，他任粤军第二师参谋长，参与组织指挥东征反陈炯明的作战。孙中山创办黄埔军校，叶剑英受廖仲恺之邀，出任军校教授部副主任。南昌起义后，任新编第二师师长。长征时出任红军前敌总指挥部参谋长，与中央红军一起到达陕北。抗日战争时期任八路军总参谋长，解放战争时期任中央军委总参谋长。叶剑英一生跟随毛泽东，毛泽东曾送叶剑英两句话："诸葛一生唯谨慎，吕端大事不糊涂。"高度赞扬他能在历史的"大关节"处谋虑缜密，明断是非，果敢抉择。

纪念园的这副大门联，以"一代勋名"和"千秋浩气"直接破题，作为总论，也决定了这副对联的气概。上联的"跃马挥师，诸葛吕端"，以及下联的"安邦定策，元戎诗杰"，这四个词组，为词性相同的并列结构，平行词自对，又上下相对。此处以两位历史名臣为喻，是对叶剑英作为军事指挥家形象的充分肯定。

上联收句为"彪史册"(平仄仄),下联用"誉中华(仄平平)"应对,工整协调。

全联立意高雅,修辞恰当,用典自然,对仗工整,平仄协调,被参加第五届中国楹联论坛的海内外楹联名家一致评为工对名联。著名联家、中国楹联学会副会长刘太品特在《中国楹联报》《梅州日报》撰文赞称,这一联仅用三十言,便全面概括了叶剑英元帅的一生,足见撰联者的功力。

三、地理名胜联写作注意要点

原有的景观,大多已经有了前人的名联,无须再撰写。现在很多地区,利用名人效应,新建设一些纪念性的园林景区、名胜景点、祠庙等,开发旅游产业。这本是一件功在当代、利在千秋的好事。但是,这些新开发景点里的楹联,水平不高,在格律形式和内容表达方面经不起推敲。所以,撰写这些对联,应慎之又慎!

地理名胜联的写作,也需要遵循一定的规则。

首先,创作地理名胜联,首先要知道这副对联的载体(这副对联是镌刻在石柱上、墙体上,还是刻在木板上悬挂的)。还要知道载体的长度,并按长度估算用几言对联比较合适。建筑物上的对联,载体大都为石柱浮雕或沉刻;如果是木刻的,也会定期翻新。无论石雕还是木刻,都是永久性的,好的联语会被后人收录、记载、传播,成为一个永久性的高雅的文化艺术品。

其次,要充分了解这里的人文历史和地理环境,追求"文"与"园"相传的效果。地理名胜联兼具装饰性与文化性的双重属性,对文化艺术的要求是比较高的。一副好的名胜联,不但能流芳百世,还能让使用该联的地方成为一个著名景点。所以创作这类对联,一定要和环境相协调,力求把"文"融入整个环境之中,与景区的整体风格相协调,达到"以文传园"的目的。反过来,园林美化了,又可"以园传文"。云南大观楼、湖南岳阳楼、湖北黄鹤楼、江西滕王阁等名胜,都是以一副联、一首诗或一篇文章,便达到了"以文传园"的目的。

新建的宗教寺庙,也属于地理名胜范畴。对联的内容,除了要有其宗教内涵之外,也要结合地理环境、寺院历史与典故进行创作。

再次,化用典故是创作优秀名胜联的技巧。撰写园林景观对联,立意要高雅,对仗要工稳,平仄音律一定要和谐,吟诵起来能朗朗上口。除了这些基本要素外,这类对联最好能巧妙地化用雅俗共赏的"本事"(所依据的故事情节,或所根据的历史事实),让人看了以后就知道这联的内涵,并产生共鸣。摘、集前人的骈文、诗词、碑帖中的名句,化用诗文的意境,恰切地用典,是创作名胜联最好的手段。这也是很多对联大家的一个共识。

最后，撰写地理名胜联，绝对不能不懂装懂。如果没有十分的把握，也不能擅改他人的名联。清代对联大家、有"一代文宗"之称的阮元，曾因擅改大观楼名联，落得声名扫地。

据说，清道光六年（1826年），阮元由广东经贵州至云南，赴云贵总督之任。一日，慕名至大观楼观景，他对长联越看越不顺眼，曾致梁章钜信函云："孙髯原联，以正统之汉、唐、宋、元'伟烈丰功'总归一空为主，岂不骎骎乎说到我朝？故改为'爨长蒙酋'，递到吴三桂等人身上。所以扶正而消逆也！"他还认为孙髯的"蘋天苇地"对"断碣残碑"对得不工。于是，他将"断碣残碑"改为"薜碣苔碑"。理由是蘋、苇、薜、苔都是植物，更为工整，却不管孙髯的原联修辞是平行词的句中自对，不工亦胜工。阮元利用权势把孙髯的长联撤了，作为他"扶正消逆"的功绩，自己另制了一副挂在大观楼。阮元离任后，他改的对联便被人撤下，仍换回孙髯的长联，人们还写了一首打油诗来骂他：

　　　　软烟袋不通，
　　　　萝卜韭菜葱。
　　　　擅改古人对，
　　　　笑煞孙髯翁。

更有甚者，一些半瓶醋的所谓"文化人"，利用职权或钱财猎取某个头衔，其实没有真正的才学，根本不懂诗联，却不知廉耻，到处乱题对联。明代文学家、书法家陈继儒《小窗幽记》中有一名句：

宠辱不惊，看庭前花开花落；
去留无意，望天上云卷云舒。

有人据此作了一副对联，把"云卷云舒"改作"云卷云书"，使人不知所云。虽然撰联有"借音对"，但对联这个位置（联尾），是不能"借"的。

清人林则徐年少时，先生带几个学生登福州东山顶，先生出"海""山"两字，叫学生各撰一副七言联。林则徐以此撰成一副励志联：

海到无边天作岸；
山登绝顶我为峰。

现今有个大胆的狂妄之徒，在丰顺县丰良的韩山生态园，仿此撰了一副门联：

韩公到后韩为姓；
我等来时我作峰。

如此仿联，连句腰平仄失调都不知道，竟俨然以一代文豪韩文公自居，还在其公众号上自吹自擂，说其如何创作此联，真是有辱斯文！

第三节　婚寿赠贺联

一、婚寿赠贺联概说

明清以降，联家辈出，名作如林，婚寿赠贺联成为对联中的一个大类。

祝贺新婚、贺寿或庆贺乔迁之类的对联，属于实用性的喜联。顾名思义，喜联一定要有喜气，要写得喜气洋洋。据了解，喜联初始于乾隆、嘉庆年间，经过两百多年的创作，也已形成一定的格式。

民国以前，时兴亲友间相互馈赠礼品，更喜欢相互赠贺对联。贺联是一种文雅的礼品，受赠人也很乐意收受，或将其装裱，甚至镌刻在名贵的木板上，传世珍藏。"文革"之前，有的地方还偶尔有之。现在，赠贺联多半被花篮、红包等代替了，只是在少数文人间尚有此类雅事。

二、贺婚联技巧分类例析

结婚是人生大喜事。贺婚喜联是表示贺喜、祝福或勉励。贺婚联说的是男女结合之喜事，常用乾坤（天地）、琴瑟、龙凤、鸳鸯、凤凰、鸾凤，并蒂花、连理枝、同心结、比翼鸟、双飞燕、青梅竹马、花开并蒂、珠联璧合等吉祥词语。

婚联分有两类：一类是自庆婚联，即结婚人家自撰自用的（或请人撰写的），结婚之日贴在门上的婚联。另一类是他贺婚联，即亲朋好友恭贺的婚联。撰写婚联时要分别清楚，不能将二者混为一谈。

（一）自庆婚联

1.通用自庆婚联

通用自庆婚联，即结婚人家自己撰写并贴在家门上的通用喜联。联语无须题跋落款。如：

月明金屋；
香喷玉屏。

"金屋"指陈设极为华丽之屋，源出汉班固《汉武故事》。汉武帝为太子时，长公主欲以女儿阿娇配帝，问曰："阿娇好否？"帝曰："好，若得阿娇作妇，当作金屋贮之。""玉屏"即以玉制成的屏风。

百年好合；
五世其昌。

"好合"意为"情投意合",出自《诗经·小雅·常棣》:"妻子好合,如鼓琴瑟。""五世其昌"典出《左传·庄公二十二年》。相传春秋时,陈国公子陈完出奔齐国,齐大夫懿仲想把女儿嫁给他。请卜人占卜,得"五世其昌,并于正卿"之语。意思是说五世以后,子孙昌盛,可与卿并列。后人借此语以祝婚。这副婚联,民间极为常用。

2.专用自庆婚联

自己撰写并贴在自家门上的婚联,不是用来赠贺他人结婚办喜事的,属于专用自庆婚联。专用自庆婚联,如未指定婚者名姓,不用题跋落款。如:

两小无猜,一个古钱先下定;

四方多难,三杯淡酒便成亲。

这副婚联,是袁伯崇结婚用联,他是袁世凯次子袁克文之子。"两小无猜"指男孩和女孩童年天真。"古钱"即古代的钱币。"定"指旧时定婚时男方给女方聘礼。"四方多难"指天下各地多灾多难,那时正是内战时期。

此联作者方地山,江苏扬州人。曾任京师大学堂(北京大学前身)教授,精于文史,尤善制联,有"近代联圣"之称。袁伯崇与方地山的女儿感情甚笃,并结为百年之好。此联即为方地山贺女儿婚礼用联。

上联写新婚夫妇及双方家庭不同寻常的关系,方地山做过新郎的父亲袁克文的老师，师生都有收藏古钱币的爱好。两家儿女定婚时，没有仪式和礼金，只是相互交换了一枚古钱币。下联紧切时事，天下大乱，婚礼就不要太讲究了，只在旅馆里喝了几杯酒，彼此交拜一通完事。此联虽为纪实，但切事切情，语言通俗，自然洒脱，淡雅工切，同时还巧妙地嵌入"一""两""三""四"几个数字。

此联两组数词相对，增加了可赏性。"猜"和"难"在这里都用作名词，"定"和"亲"也是名词相对，"个"和"杯"在这里属于量词相对。整联声调为"仄仄平平，仄仄仄平平仄仄；仄平平仄，平平仄仄仄平平"。只有可以"不论"的一、三位置的"古""多"有些变化，整联平仄对仗工稳和谐。这副自庆婚联是袁家和方家专用的，其他人家不能用。

（二）他贺婚联

1.通用他贺婚联

通用他贺婚联，一般在上联盖启首章的前或后、第二字右边，小字写明被贺者姓名、辈分称呼，下联写贺者姓名及与受贺人的关系即妥。常见的通用贺婚联，化用典故，选用吉祥话，表示恭贺、祝福或勉励。如：

一联佳句随流水；

百合香车动画桥。

上联祝贺新婚夫妇成为人生的知音。"流水"是琴曲名，典出俞伯牙鼓琴，志在高山、流水，钟子期善会其意，后人遂以"流水"喻比知音。下联赞美新婚喜庆的盛况。"百合"即百年好合，为新婚之期的吉祥话。"香车"指迎娶新娘的专车。全联意境优美动人，给人以喜气洋洋之感。

通用贺婚联可以结合婚期的季节来创作。如秋季结婚通用贺婚联：

巧借花容添月色；
欣逢秋夜作春宵。

上联写情境，秋夜的月色是人们最欣赏的，月色之美是因有了花容月貌的新娘的烘托，寓意今夜花好月圆，表示了赞美与祝贺。下联写时令，化用苏东坡《春宵》中"春宵一刻值千金"的诗意，将秋夜比作良辰美景的春宵，一语双关，祝福新婚男女志趣相投，情感融洽，生活幸福美满。

通用贺婚联还可以结合男女婚期的确切时令来撰写。如三月结婚，是春暖花开的日子，可写：

三月桃花红锦绣；
万盏银烛引玉人。

九月新婚，万山红叶，则可以借题发挥：

> 诗题红叶同心句；
> 酒饮黄花合卺杯。

这副贺婚联，运用诗文绘景，用成语描写人物，修辞华美，喜气洋洋，是切合秋季时令的结婚通用贺联佳作。

通用贺婚联可以不直接写人，只采用拟物的技法。如：

> 红雨花村，交颈鸳鸯成匹配；
> 翠烟柳驿，和鸣鸾凤共于飞。

这副贺婚联将新郎、新娘拟作在"红雨花村""翠烟柳驿"的美景中，自由和谐的"交颈鸳鸯""和鸣鸾凤"。全联把新婚夫妇相亲相爱的美满生活写得对仗工稳，意趣饱满。

2.专用他贺婚联

清人纪昀书赠牛稔文娶儿媳贺婚联：

> 绣阁团圞同望月；
> 香闺静好对弹琴。

清朝乾隆年间，《四库全书》总纂官纪昀的表兄弟牛稔文为儿子娶媳妇，纪昀书赠了这副贺婚联。收到此贺联，牛家最初觉得这联不怎么样。次日，纪昀来祝贺，问牛稔文："我昨天所撰的联，乃用你家典故，你觉得怎么样?"这副贺婚联,上联暗用"牛郎织女"的故事,一说暗切典故"吴牛喘月""犀牛望月",下联隐嵌"对牛弹琴"的成语。此联妙就妙在贺牛氏婚娶的喜庆,上下联均说"牛",但联语字面却不见"牛"字,实在耐人寻味。

上下联头两个字"绣阁"和"香闺",是形容词与名词搭配的偏正结构;"团圞"和"静好"都是形容词;"同"和"对"是副词,修饰后面的动词;最后两个字是动词搭配名词的动宾结构。"阁"为古入声字,是仄声,"圞"平声,"望"是仄声;对应的位置上,"闺"是平声,"好"是仄声,"弹"是平声;最后一个字上联是仄声,下联是平声。平仄音韵相当准确。这副对联被后人推为最佳的嵌典又嵌姓氏的贺婚名联。

(三)贺婚联写作注意事项

写贺婚联,除应注意娶与嫁的用词外,不要在无意中将某些忌讳的字词嵌入联语中。

著名学者白化文曾举过梁启超长女梁令娴与周先生结婚时,有人送的一副喜联:

绝代艺蘅词,三岛客星归故国;
传家爱莲赋,百花生日贺新郎。

梁令娴女史编有《艺蘅馆词选》,从日本归国结婚,婚期定在阴历二月十五日，这一天恰是花朝节，相传是百花生日。上联"绝代艺蘅词，三岛客星归故国"，说的是梁令娴从日本回来结婚；下联"传家爱莲赋，百花生日贺新郎"（《爱莲赋》的作者周敦颐），暗点新郎姓周，一语双关，"爱怜"的新人如高洁的莲花。这副喜联虽然格调高雅，但有个大毛病：一开头就用了"绝代"二字，上下联头一个字又是"绝""传"的"鹤顶格"（又叫"藏头格"）。从字面看，误解为"绝了后代""绝了传人"，颇不吉利。所以，写喜联或送给人喜联，尤其是贺婚喜联，特别要注意不能使用"绝""断"等不吉利的字词。否则，不但会影响当事人吉日的气氛，或许还会无意中带来亲友间感情上的伤害。

三、祝寿联技巧分类例析

祝寿联有祝自己寿、祝他人寿之分。祝他人的寿联，在文化人之间还很流行。与其他喜联一样，可在上联盖启首章的前或后、第二字右边，小字写明寿者姓名，下联写贺者姓名及与受贺人的关系。寿联要区分辈分，寿者是长辈，还是同辈；与贺者是何种亲属关系，还是朋友关系。

（一）通用祝寿联

1. 通用男寿联：

愿献南山寿；
先开北海樽。

2.通用女寿联：

慈竹荫东阁；
灵萱茂北堂。

3.通用男女双寿联：

椿萱夸并茂；
日月庆双辉。

4.通用分龄寿联
（1）六十岁男女双寿联：

春秋不老；
甲子重新。

（2）七十岁女寿联：

年过七旬称健妇；
筹添三十享期颐。

（3）八十岁男寿联：

杖朝步履春秋永；
钓渭丝纶日月长。

（4）九十岁男寿联：

九秩曾留千载寿；
十年再进百龄觞。

（5）一百岁男寿联：

人生不满公今满；
世上难逢我竟逢。

（二）专用祝寿联

梁启超贺康有为七十寿联：

述先圣之玄意，整百家之不齐，入此岁来，年七十矣；
奉觞豆于国叟，致欢欣于春酒，亲受业者，盖三千焉。

康有为，清末改良派领袖，广东南海人。光绪进士，曾七次上书光绪帝变法维新，组织过"公车上书""百日维新"等运动,辛亥革命后却反对共和,成为保皇派。本联作者梁启超,近代思想家、文学家、学者,广东新会人。十七岁中举,后师从康有为,是戊戌变法主要成员,与康有为齐名,近代史称"康梁变法"。辛亥革命后先后出任北洋政府司法总长、币制局总裁、财政部长等职。

《梁启超年谱长编》载,1927年3月,梁启超作此联为其师康有为贺七十寿。上联赞扬康有为在学业上的成就,与先圣孔子相比拟。下联直切祝寿之旨,说弟子三千,仍与孔子相比拟。此联前两个分句属于句中自对。后两个分句用了对仗较宽的古文句法,语气恳切畅达。

前两个分句的节奏是"三三"句式,第三、四分句均是"一三"句式。整联读起来舒张有致,非常流利。虽然后两个分句的平仄不是非常严整,但若按"一三"句式的节奏,第一字和第四字的平仄对仗也是整齐的。

(三)自寿联

郑燮六十岁自寿联:

常如作客,何问康宁,但使囊有余钱,瓮有余酿,釜有余粮,取数页赏心旧纸,放浪吟哦,兴要阔,皮要顽,五官灵动胜千官,过到六旬犹少;
定欲成仙,空生烦恼,只令耳无俗声,眼无俗物,胸无俗事,将几枝随意新花,纵横穿插,睡得迟,起得早,一日清闲似两日,算来百岁已多。

这联是郑燮六十岁生日的自寿联，作于潍县任上。郑燮因对官场黑暗深感不满，已有辞职归田之意。次年即因忤大吏而被罢官。

上联说人生暂短，有如作客，何必谈什么福寿康宁？只要袋里有钱可用，瓮里有酒可喝，锅里有饭可吃，摊开几页心爱的旧纸，无拘无束地吟诗作画，兴趣广泛，天真烂漫，五官灵敏比当什么样的官都强，这样活到六十岁还是年轻。"如作客"一语，源自《古诗十九首》："人生天地间，忽如远行客。""康宁"出自《尚书·洪范》："五福：一曰寿，二曰富，三曰康宁，四曰攸好德，五曰考终命。""吟哦"指写诗填词，如唐李郢《偶作》诗："一杯正发吟哦兴。"

下联说如果想修道成仙，徒然自寻烦恼。只要耳不闻喧扰之声，眼不见庸俗之人，心中无名利之念，随意取几枝鲜花戴在头上，早起晚睡，那么清闲一天抵得两天，算起来活到六十岁已超过百岁了。"成仙"一词，取自《古诗十九首》："服食求神仙，多为药所误。""俗声"即尘世喧扰之声。"俗物"是对庸人的蔑称。《世说新语·排调》"俗物已复来败人意。""插花"即戴花。古代男女都有戴花习俗。唐杜牧《杏园》诗："莫怪杏园憔悴去，满城多少插花人。"

联语把自寿与抒怀结合起来，"但使""只令"都为假设之词，反映郑燮追求的是蔑视流俗的高洁品格、无拘无束的自由天性和知足常乐的生活态度。

写寿联最难的,恐怕是在寿联中表现作者的感情了。郑燮的这副六十自寿联,构思新奇,对仗工巧,用典恰当,语言幽默诙谐而又从容豁达,这跟他的画、诗一样,脱俗超凡,又有几分怪异,可谓"文如其人"。他的联语,被后人誉为"板桥体"。

(四)祝寿联写作注意要点

祝寿联有其规则,无论何种寿联,都必须明确如下几个问题:

第一,明确年龄。按国人的习俗,到了六十岁即年满"花甲",才可祝寿;七十岁称为古稀之年;八十岁称为杖朝之岁;"九如"是九十岁的祝寿语;"期颐"指一百岁。

第二,分清性别。分清是男寿、女寿,还是男、女双寿。有些词是专为区分性别和称谓的。

如"椿",即大椿,树名,以大椿象征高寿。后以"椿庭"代称父亲。"萱"原为萱草。《诗经·卫风·伯兮》:"焉得谖草,言树之背。""谖"与"萱"同音,后人以萱草称之。"背"古与"北"同音,指北堂。后因以"萱"为母亲或母亲居处的代称,如"萱亲""萱帏"。作寿联,"椿"与"萱"是不可混用的,更不能用于为别人家老者祝寿,但可在贺联的落款题跋中表达清楚。

古代男子出生,射人以桑木为弓,蓬草为矢,射天地四方,以寓志在四方之意,故以"桑弧蓬矢"代指男子。

《礼记·内则》:"子生,男子设弧于门左,女子设帨于门右。"汉郑玄注:"表男女也。弧者,示有事于武也。帨,事人之佩巾也。"后称男子的生日为"设弧",女子的生日为"设帨"。

第三,切合身份。通用寿联除了注意性别、辈分外,还要切合职业身份、业界或学界地位、社会影响等。

第四,符合时令。寿联要体现寿龄,要切合月份或季节。

第五,注意用字。表示祝寿的可用:福、寿、康、德、宁等;表示增寿的可用:永、长、添、增等;表示祈盼的可用:献、颂、喜、祝等;用长寿、美好的动植物比喻,动物如鹤、龟、鹿、凤等,植物如椿、萱、桃、梅等。

此外,给人写寿联,一定要注意文字避讳,尽可能避免带来一些不必要的麻烦。有"岭南才子"之称的宋湘,无意中撰写了一副"拍马屁"联:

顺穆康宁,雍然乾德嘉千古;
治平熙泰,正是隆恩庆万年。

宋湘,清代著名诗人、书法家,广东梅州人。嘉庆四年(1799年)中进士,嘉庆十年(1805年)授翰林院编修。后历任四川、贵州等乡试主考官和文渊阁校理、湖北督粮道等。宋湘在翰林院供职期间,适逢嘉庆皇帝万寿,宋湘书横匾"上大人",并以此匾为题,撰写了上面这副对联。此联巧妙地嵌入顺治、康熙、雍正、乾隆、嘉庆五个皇帝的年号,修辞得体,平仄合律,体现了他过人的才华。这副对联特别切题,博得龙颜大悦,嘉庆皇帝称他为"岭南才子"。

据说,宋湘后来感到此联有些不妥:上下联把五个皇帝年号分拆开来,死者与生人混在一起,"千古"一词又为吊挽之词。这时候如果有人参他一本,他恐怕不但丢官,还得掉脑袋!为此,他越想越怕,遂告病返乡。

四、庆乔迁联技巧分类例析

赠贺乔迁、新居落成类的对联,叫庆乔迁联。这种贺联,也有通用、专用之分。

联语中未嵌入受赠人姓名的,属赠贺亲友乔迁的通用贺联。其受赠人和赠贺人落款题跋,亦可在上下联小字书写:在上联右侧第二字开始,以小字写受赠人及赠贺之因,下联左侧三分之二处赠贺人落款钤印。

(一)通用赠贺乔迁联

莺迁仁里;

燕贺德邻。

"莺迁"语出《诗经·小雅·伐木》:"伐木丁丁,鸟鸣嘤嘤。出自幽谷，迁于乔木。""嘤"为鸟鸣声。唐代以来，常以嘤鸣出谷之鸟为黄莺，故以"莺迁"为升擢或迁居的贺颂之词。"仁里"即仁者居住的地方，泛指风俗淳朴的地方。"燕贺"指庆贺新居落成。"德邻"指有德之人相聚为伴。语出《论语·里仁》："德不孤，必有邻。"

<pre>
　　　三阳日照平安宅；
　　　五福星临吉庆门。
</pre>

"三阳"即开春之意。古人认为十一月冬至后，日渐长，阴气渐去，阳气始生，称正月三阳开泰。"五福"指《尚书·洪范》所说的五种幸福："一曰寿，二曰富，三曰康宁，四曰攸好德，五曰考终命。"

以上两副通用赠贺乔迁联，联语工稳、平仄和谐，立意也很高，所以用的人很多。

（二）专用他贺乔迁联

曾国藩贺何绍基移家扬州联：

<pre>
　　　千顷太湖，鸥与陶朱同泛宅；
　　　二分明月，鹤随何逊共移家。
</pre>

何绍基（1799—1873年），晚清诗人、画家、书法家，湖南道州人。道光十六年（1836年）进士，咸丰初

授四川学政。曾典福建等乡试，历主山东泺源书院、长沙城南书院。精通律算、经史，对《说文》研究尤深，有《东洲草堂诗文集》等传世。

"太湖"在今苏州西南，跨苏、浙二省，湖中小山甚多，以洞庭东、西二山最为著名。"陶朱"即春秋时的陶朱公范蠡。范蠡助越王勾践灭吴，越王为人只可同患难，不可共安乐，范乃弃官而去。至陶后，称朱公，以经商致富，十九年中富致千金；子孙经营繁息，遂至巨万。后因以"陶朱公"称富者。"二分明月"出自唐代徐凝《忆扬州》诗句："天下三分明月夜，二分无赖是扬州。"极言当时扬州的繁华。"何逊"乃南朝梁东海郯州（今山东郯城县）人，官至尚书水部郎，诗善于写景，工于炼字，有集八卷。

联语以"千顷太湖"和"二分明月"紧切扬州。上联又以"陶朱"泛舟湖上，比喻何绍基也是范蠡那样的高人韵士。下联则以何逊移家紧切何绍基迁居扬州。何逊住在扬州时，别墅中有梅花盛开，他便在树下吟咏。后居洛阳，苦思梅花却不得见，请求再回扬州。回去后，正好梅花盛开，他便大开东阁，宴请文人高士，欢娱终日。

联中的"鸥"与"鹤"是鸟类名词相对，"陶朱"和"何逊"是姓名相对，"泛宅"和"移家"均为动宾结构。全联对仗工整，结构相同。上下联都是四七句式，相当工稳。后一分句的节奏是"二二一二"句式，声律自然，顺畅和谐。

清末光绪年间，江西赣县的举人谢雄文，在参加江浙教育考察团时，认识了后来担任中华民国首任教育总长的蔡元培。宣统元年（1909年），谢氏建"敦五堂"祠，谢雄文写信给蔡，请他题撰一副对联。同年冬宗祠落成，蔡元培寄来了这副珍贵的贺联：

先人有燕翼贻谋，无论为文德，为武功，承绍允推贤子弟；
地势得象山灵秀，从此产英雄，产豪杰，勋名彪炳泰东西。

这副他贺祠联，可用作堂联或栋对。上联的第一分句中的"燕翼贻谋"，与下联的"象山灵秀"为自对；第二、三分句中的"文德"对"武功"，下联同位置的"英雄"对"豪杰"，"为"与"产"为动词相对；第四分句下联"彪炳"应对上联"允推"为动词相对，"子弟"（仄仄）与"东西"（平平）为名词自对，上下联又两两相对。全联对仗工稳，平仄和谐，声律铿锵。

五、其他赠贺联技巧例析

赠贺联五花八门，如贺开业，贺生子，贺升学，贺升迁。

明清以来，直至"文革"以前，风行将撰写的对联装裱成轴，在亲友之间、师生之间互相馈赠。这种风气，在文人之间特别盛行，受赠人如果得到一位名人赠联，会看得比金钱还贵重。

这种赠送贺联的风气现在似乎又在逐渐恢复，不但个人之间有联语相赠，团体之间相赠也时有所见。

林则徐赠张鸿箓联：

一县好山留客住；
五溪秋水为君清。

清嘉庆二十四年（1819年），林则徐赴任云南乡试主考，途经辰州沅陵。知县张鸿箓接待殷勤，林则徐撰联以赠。沅陵位于湘西，地处"五溪之汇"，山清水秀。上联且不说主人殷勤好客，而是从沅陵的"好山"入手，说"一县好山留客住"；下联也不直接说主人为官清廉，而是以沅陵的"秋水"为喻，赞美知县清正廉洁，如同清澈见底的五溪秋水。

方地山赠张大千联：

世界山河两大；
平原道路几千。

> 八大到今真不死；
> 半千而后又何人。

现代大画家张大千是著名联迷。有"近代联圣"之称的方地山，曾任袁世凯西席（顾问）。袁世凯次子袁克文（与溥侗、张学良、张伯驹并称为"民国四公子"），曾跟他学作诗文。方地山的年纪比张大千大得多，因为性情相投，结为忘年交。张大千常赠没有落上款的画给方地山，好让他卖钱。

张大千三十六岁那年（1934年）去朝鲜访问，友人在天津紫竹林酒楼设宴饯行，方地山陪同，即席撰了这两副嵌名联赠予张大千。两联对仗都很工整，尤其是第二联，嵌入了三个人名，切合张大千身份。"八大"即清初大画家朱耷（明宗室，号八大山人）。"半千"是清初画家龚贤的字，别号柴丈人。方地山此联认为张大千可继承八大山人，并超越龚半千。

贺汕头市楹联学会成立联：

> 联坛扬雅韵；
> 对苑听潮音。

梅州在新中国成立初期属汕头专区，后分为两市。这副对联是梅州市楹联学会祝贺汕头市楹联学会成立的贺联。

对仗工整,音韵和谐。

第四节 缅怀吊挽联

一、缅怀吊挽联概说

缅怀吊挽联,也叫吊挽联、哀挽联,通称挽联,是哀挽死者的专用对联。挽联是古代挽歌的变体,挽歌是古代丧家之乐。

挽联有他挽和自挽两种,没有写明自挽的则为他挽。自挽联是逝者生前为自己写的挽联。他挽又分两类:

一种是团体(单位)吊挽个人的。这里的"个人",一般都是伟人或名人。

另一种是以个人的名义吊挽个人的。挽联在过去很流行。除了一般名人、官宦之外,普通的老百姓,遇到哪家亲友办丧事,常也会以联挽之,很有文化氛围。

二、缅怀吊挽联写作注意事项

缅怀吊挽联以内容为主,书法是次要的,但要书写得端正,让人能看得懂。撰写挽联,综述死者生平,评价死者业绩、情操,应做到"瞻前顾后,左右顾盼"。所谓"瞻前",就是对逝者一生的优点、特点或突出贡献有深刻、全面的了解，再加以概括性的表述。所谓"顾后"，就是对逝者家属也应有了解。所谓"左右顾盼"，就是对逝者所在单位、对逝者的亲朋好友也应有一定程度的了解。不了解清楚就下笔，是很容易得罪逝者家属和某些人的。

尤为值得注意的是，挽联是写给活着的人看的，不是写给逝者看的。表面上是对逝者讲话，实际是讲给活着的人（特别是家属）听的。在代表团体或为人代笔撰写挽联时，更要把各方面的关系全面了解清楚再落笔。

挽联张贴或悬挂的时间相对较短，也很少有收藏保存价值。民间流行摆设灵堂接受吊唁，一般七天，最多长达七个"七"日，也就四十九天。现在，设灵堂的时间更短，挽联一般只在遗体告别或追悼会上悬挂，几小时也就撤去了。按传统习俗，挽联一般用冷色纸书写，不装裱。因此，单从载体的角度而论，挽联属于最为粗放型的对联。挽联在撤灵时焚化，不在家中悬挂，哪怕是名人或书法大家的杰作也不例外。写得特别好的挽联，有些单位或个人在丧事中或事后，把它抄录下来，编印"哀荣录"或"吊挽录"之类的联书，借以永久流传。

创作挽联，应言简意赅、感情深沉，酣畅淋漓、长歌当哭的挽联，最为动人心魄。在形式上，上下联的末字保持上仄下平，其他格律可适当放宽，甚至三连平、三连仄都无所谓。一般来说，挽联的写作应该注意以下几点：

第一，宜赞扬。挽联是写给活着的人看的，应以赞颂为主，追忆逝者的功勋德业、学问建树、处世为人。挽联和现今的追悼词不同，悼词篇幅长、文字多，在肯定成就的前提下，可以提及其缺憾；挽联仅寥寥数语，要想对逝者的是非功过来个"三七开"或"二八开"，是无论如何也说不清楚的。因此，挽联一般只写死者的功德。

第二，用哀语。挽联与贺寿、题赠联不同，也与祠庙联不同，虽须赞颂，但必用哀语，才能言"挽"。常用哀语，介绍如下：

名词：泪、梦、魂、魄、忠、千古、英灵、千秋、浩气等。

动词：哀、悼、悲、伤、哭、啼、恸、惊、忍、殒、落、断、沉、遗、泣、愁、凋、慰、叹、归、怜、痛、唳、空、朽、终等。

形容词：寒、凄、惨、冷、残、寂寞等。

副词：犹、永、正、未、讵等。

词组：犹在、永留、长留、宛在、瞑目、伤心、含笑、饮恨、月冷、招魂、安息、泪洒、泉涌、风号、风惨、云凄、山颓、山裂、曲终、断肠、狂摧、地坼、天崩、寿终、正寝、驾鹤、骑鲸、仙游等。

女性专用：玉折、兰摧、残月、落花、楼空、韵冷、香消、玉殒等。

第三，切身份。挽联还要切合死者的身份。男、女要用专用语；不同职业的人，如政、军、商、学界等，都有各自的职业用语；亲族之中，对不同称谓的人，也有相应的用语和典故。

自古以来,人们把生与死看成是人生的两大事。中华民族具有"饮水思源、慎终追远"的传统美德,形成了一整套民间或官方的丧葬礼仪。下面这些为通用挽联:

音容已杳;
德泽犹存。

花为春寒泣;
鸟因肠断哀。

春雨梨花千古恨;
秋风桐叶一天愁。

三、缅怀吊挽联技巧分类例析

(一)他挽联
1. 团体挽个人联

1925年3月12日,孙中山因患肝癌,医治无效,在北京逝世。社会各界以及世界各地的华侨社团纷纷自发设灵堂吊唁、祭奠,写下了言辞高雅、感人肺腑、流芳百世的挽联。如南洋万隆中华商会挽孙中山联:

五千年青史此事谁能,任他毁誉丛来,直到盖棺，魑魅仇雠齐痛哭；

四百兆苍生而今安赖，太惜英灵不返，定难瞑目，东西南北尚烽烟。

著名华侨领袖陈嘉庚（1874—1961年），福建厦门人。长期侨居新加坡，从事工商业，对华侨的公益事业和祖国的教育事业最为热心，曾任中华全国归国华侨联合会主席。1913—1920年，陈嘉庚先后在集美创办中、小学，兴办师范、农林、水产、航海、商科等学校，于1921年创办厦门大学，出钱出力，可谓是毁家兴学，受人尊敬。

1961年，陈嘉庚在北京逝世，港九各界也举行追悼大会，收到挽联数百副。下面这副为香港厦门大学校友会挽陈嘉庚联：

卅年苦心，创厦大集美，矗立黉宫，总为邦家培后进；

万人洒泪，思囊萤映雪，光分丙舍，仰瞻风范哭先生。

2.个人挽个人联

郁达夫（1896—1945年），现代著名作家，浙江富阳人。早年留学日本，回国后执教于北京大学、武昌师范大学、中山大学等。曾赴南洋参加抗日爱国宣传活动，后流亡于苏门答腊，惨遭日本宪兵杀害。著有《郁达夫文集》。

徐志摩（1897—1931年），现代著名诗人，浙江海宁人。早年留学英、美等国，回国后先后主编《诗刊》《新月》，在北京、上海等地的大学任教。1931年11月因飞机失事去世，他的好友郁达夫写了这副挽联：

> 两卷新诗，廿年老友，相逢同是天涯，只为佳人难再得；
> 一声河满，九点齐烟，化鹤重归华表，应愁高处不胜寒。

"河满"指《河满子》，歌曲名。唐代张祜《宫词》诗："故国三千里，深宫二十年。一声何（河）满子，双泪落君前。""九点齐烟"指从高处俯视九州，如九点烟尘。唐代李贺《梦天》诗："遥望齐州九点烟，一泓海水杯中泻。""齐州"指中国。"化鹤"即成仙，多用来代称死亡。典出晋代陶潜《搜神后记》卷一："丁令威，本辽东人，学道于灵虚山，后化鹤归辽，集城门华表柱。"

上联赞逝者的成就，点明两人的关系。"两卷新诗"指《志摩的诗》和《猛虎集》；"廿年老友"写二人作为同乡、同学，交情笃厚。下联表达哀悼之情，直切挽联之旨。"高处不胜寒"一语，借苏轼《水调歌头》词，巧妙地点出徐志摩死于空难。联语情文并茂，被广为传诵。

前两分句有两组数词相对，同时也构成自对。"相逢"与"化鹤"、"天涯"与"华表"对仗略宽。"得"是动词，"寒"为形容词，古人对联中多用以对仗。

刘咸荥挽方旭联：

> 五老中惟余二人，悲君又去；
> 九泉下若逢三友，说我就来。

刘咸荥，四川双流人，清光绪拔贡，民国时期著名的"成都五老"之一。一生从事文教工作，先后任教于尊经书院、华西协合大学等。方旭，安徽桐城人，清末四川提学使，民国后定居成都，为文化奔波，为"成都五老"之一。方逝时，"成都五老"已辞世三人。此挽联虽不比其他挽联悲伤，却平中见奇、以奇制胜。

民族英雄郑成功原葬台湾，1699年，其孙郑克塽上书康熙，请求归葬祖茔，康熙准奏，并赐以挽联：

> 四镇多贰心，两岛屯师，敢向东南争半壁；
> 诸王无寸土，一隅抗志，方知海外有孤忠。

作为"敌对"势力的双方，一方若能客观地评价对方，则是需要有大气度、大胸怀的。众所周知，清军入关、扫平江南后，郑成功据厦门、金门两岛抗清，甚至攻打过南京。1661年，郑成功率十二万余人收复了被荷兰占领达三十八年之久的台湾，功不可没。但他还继续抗清，次年病逝于台湾。这副挽联，不但肯定了郑成功收复台湾的历史功绩，而且对他抗清之举予以理解。康熙此举对明代遗臣也起到了安抚作用。

有的挽联，不必赞颂，不必叙事，仅表达作者痛哭欲绝的感情。这样的挽联情重意笃，如泣如诉，虽为家常话语，却最能表达心意，常成为挽联佳作。如这副何香凝挽廖仲恺联：

夫妻恩，今世未全来世再；
儿女债，两人共负一人完。

全联对逝者事业不著一字，倾诉的是夫妻感情和自己的信念。

清代名臣曾国藩，也是撰联高手。这副挽其乳母之联，写得情真意切，感人至深：

一饭尚铭恩，况保抱提携，只少怀胎十月；
千金难报德，论人情物理，也当泪血三年。

此联内容虽挽乳母，而注情之深，比挽亲生母有过之而无不及。一饭之恩尚不忘，何况曾保护我、带我长大的乳母？

她比生母只少十月怀胎，远非千金所能报答。从人情上说，也应伤心哭泣。联语赞扬了乳母的恩德，曾国藩的感恩戴德之情，发自内心，朴实无华，足见作者伦理道德的修养。

"一饭""千金"，典出《史记·淮阴侯列传》。淮阴侯韩信，少年时因家庭穷困，漂母见他饥饿，给他一顿饭吃。后来韩信封为楚王，赐千金报答漂母。下联的"泣血"形容极度悲伤。"三年"是古代礼仪，父母亡故，孝子要守三年之丧。"一"和"千"，"十"和"三"，都是数词相对。"保抱提携"和"人情物理"属于句中自对。此联对仗工整，为"五五六"的句式，虽然前两个分句都是五个字，但节奏不同，读起来并不觉得重复，反而朗朗上口。

（二）自挽联

自挽联大多是文人墨客在生前为自己写好的挽联。有的是因患病多年，知道自己时日不多，写一副自挽联，当作遗嘱留给亲人。

俞樾，字荫甫，号曲园，浙江德清人。清代著名学者，道光进士，官翰林编修、河南学政。晚年在杭州诂经精舍讲学，著有《春在堂全书》行世。晚年撰自挽联：

生无补乎时，死无损乎数，辛辛苦苦，著成五百卷书，流播四方，是亦足矣；
仰不愧于天，俯不怍于人，浩浩落落，历数八十年事，放怀一笑，吾其归乎。

俞樾迷信所谓的"天运""命数"。他胸怀高远,坦率开朗,光明磊落。回顾自己的一生,他认为,活着虽"无补乎时",将离世又"无损乎数",但辛辛苦苦几十年,给后人留下五百余卷的著述,且"流播四方",怎能不心满意足呢?

下联的"仰不愧于天,俯不怍于人",为《孟子》所谓的君子三乐之一,意思是举头仰望,无愧于苍天;低头细想,无愧于世人。俞樾用此语概括了自己的品德,一辈子致力经学,光明磊落,襟怀坦荡,问心无愧。想起在杭州诂经精舍主讲三十多年,培养出像章太炎这样的得意门生多人,还有什么遗憾呢?尽可以"放怀一笑",乐而归去。

联语豁达乐观,表现了死而无憾的气概,恢宏豪迈,不同凡响,若非德高望重而又博学的大手笔,是写不出这样的对联的。此联堪称自挽联中的上佳之作。

前两个分句为句中自对。"五百"与"八十","四"与"一"为两组数词相对,收尾以虚词相对。"流播"是并列式动词,"放怀"是动宾式,对仗稍宽。另外,此联不规则处是上联出现了两个"乎"字,下联出现了两个"于"字,但对于挽联来说,无可厚非。此联为"五五四六四四"句式,第一分句"时"与"天"同为平收句脚,第三分句"苦"与"落"同为仄收,未做到平仄相对,句脚为"平仄仄平平仄;平平仄仄仄平",读起来却很顺畅。

纪昀（1724—1805年），字晓岚，别字春帆，晚号石云，清乾隆时代的名臣，《四库全书》总纂官，曾自题挽联：

浮沉宦海如鸥鸟；
生死书丛似蠹鱼。

上联写他官宦生涯好比鸥鸟一样，浮沉不定。下联写他好比书中的蠹鱼一样，埋头于编纂《四库全书》，竭尽毕生精力。

孙髯，清康熙、乾隆时布衣。博闻强记，工诗文，尤擅长撰联，所撰昆明大观楼长联饮誉古今，世称其为"布衣才子"。因讨厌科举，不肯附炎趋势，晚年贫困潦倒，以卖卜为生。曾作自挽联，明其心志：

这回来得忙，名心利心，毕竟糊涂到底；
此番去甚好，诗债酒债，何曾亏负着谁。

上联说他来到这个世界，过于匆忙，生出名利之心，甚至糊涂到底，这是一生的憾事。他以哲人之眼光，自我反省。下联说回顾一生，写了不少诗，也喝了不少酒，但不欠谁一首诗、一文债，可以无憾。今天，连同糊涂及名利之憾统统了结，故云"此番去甚好"。作者以"来"和

"去"，暗喻"生"与"死"，认为生不免纠缠于名利，而死则为解脱，是乐事。

民国初年，广东大埔有一邓姓名医，其自挽联云：

这番与世长辞，穷鬼病魔，无须追逐来泉下；
此日乘风归去，春花秋月，只当飘泊在他乡。

有两副传颂甚广的妇人自挽联，许多联书都有收录。谷向阳师友联书说，此为欧阳巽妻何氏自挽联，未知真伪，姑且称其为"贤妇自挽联"，兹录两联如下。

其一：

我别良人去矣！大丈夫何患无妻？愿他年重订婚姻，莫向生妻谈死妇；
儿依严父悲哉！小孩子终须有母。倘后日得蒙扶养，须知继母即亲娘。

名为"自挽"，实是代替"遗嘱"。"良人"是古代夫妻相互间的称呼，后多用于妻称夫。全联道出作者的万千不舍，有与丈夫、孩子同声一哭之感。上联嘱咐丈夫，恳切凄婉，关怀备至。下联则嘱咐子女，情真意切，深明大义。可以看出，作者是一个知书达理、情深义重的贤妻良母，她的名字虽然已佚，但此联一直传颂民间，确实令人赞叹。全联对仗工整。"他年"与"后日"为时间词相对,"生妻"与"死妇"、"继母"与"亲娘"可视为句中自对。"妻"和"母"字两度重用,更见工巧。

其二:

我别君去,君何患无妻?倘异时再叶鸾占,莫谓生妻不如死妇;
儿随父悲,儿终当有母。愿他日得酬乌哺,须知养母即是亲娘。

两副自挽联,表达的是同一个意思,至于哪个为原作,似不必去考求。像这种挽联,写得如此情真意切,催人泪下,联书皆会收录,肯定能流传百世。

第五节　宗祠公祠联

宗祠公祠联包括姓氏宗祠联和纪念公祠联两大类。

一、姓氏宗祠联概说

(一)姓氏宗祠

姓氏宗祠,又称家庙或祠堂,是安放宗族祖先灵魂、祭祀先人的场所。在"忠孝仁义礼智信"和"修身齐家治国平天下"的儒家文化影响下,姓氏祠堂传承着传统的孝道文化,是家族里每个人真正的"家"。

崇拜祖先并立庙祭祀起源于原始社会后期,后来人们把天子、诸侯的祖祠称作宗庙,士大夫的祖祠称为家庙。到了宋代,理学家朱熹在《家礼》中提出:"君子将营宫室,先立祠堂于正寝之东,为四龛以奉先世神主。"四龛所奉为高祖父、曾祖父、祖父、父亲四代。可见当时祠堂是以家庭,而不是以宗族名义建立的。在宗族社会里,祠堂是宗族中最具凝聚力的象征,被视为高于一切、神圣不可侵犯,关乎家族命运的建筑。宗祠为追远报本而建,所以在建筑规制上体现出礼尊而貌严。

明代,世宗采纳大学士夏言建议,正式允许民间联宗立庙,从此宗祠建筑遍立。明清以后,宗祠发展迅猛,甚至出现数县范围同一远祖所传后裔族人合建的大宗祠。如光绪《嘉应州志》所云:"俗重宗支,凡大小姓莫不有祠。一村之中聚族而居,必有家庙,亦祠也。州城则有大宗祠,则并一州数县之族而合建者。"

(二)郡望与堂号

郡望是中国姓氏文化中特有的范畴。"郡"是行政区域,"望"则为名门望族,合起来是指地域内名门望族。相传唐代李林甫所撰的《天下郡望氏族谱》,按州郡记录望族;宋代地理学巨著《太平寰宇记》,也记录了各郡望族大姓。望族以郡为重要依托,一个家族凭借较高政治地位与较强经济实力成为郡内较大族群后，便形成了郡望。

古代，随着人类从母系氏族公社发展到父系氏族公社，生产力得到发展，社会物质有所剩余，为争夺这些剩余，便发生了战争。有了剩余，社会产生了贫富悬殊的两极分化。随着社会地位的变化，产生了贵族和平民。春秋末期，周王朝分封诸侯，人们的居住地在行政划分上通称为郡。随着周王室的衰落，失去对诸侯的控制，各诸侯国经过发展，渐渐强盛起来。秦、楚等诸侯国先后创立了"县""郡"等行政建制。到了秦王朝，郡县行政区划制度被确立下来，后来历朝郡县制均以此为基础。

郡望初启于秦，两汉时期发展较快，东汉末年正式形成。但这时中央政权已对地方失去了控制，只得依靠地方豪门望族来维持政局稳定。然而，这些望族却成为东汉灭亡的推力。汉亡以后，姓氏门第在魏晋南北朝时登峰造极。郡望从此成为一个家族地位的象征，名门望族子孙即便迁徙外地，习惯仍以原籍的郡望作为标志。

郡望为何被人追捧？古代，郡望是一个人的身份标志。两汉至南北朝时期，统治集团十分重视家族门第。南北朝时，名门望族与平民百姓少有往来，也互不通婚。如出身不是名门望族，哪怕是你身居高位，其身份也很低。例如南朝梁时的侯景，官已贵为宰相，由于没有郡望身份，向皇帝要求与当时最著名的琅琊王氏或陈郡谢氏通婚，皇帝都不肯，拒绝了他的请求。

堂号是姓氏的一种标志，与血缘相关。堂号是郡望的衍生物，产生比郡望晚一些，使用范围也比较小。堂号还是姓氏及其支派的历史符号，大多源自本姓先祖某位名人典故，其后裔用以称颂、夸耀先人曾经的功业与辉煌历史，用于激励后人继承发扬祖先功业。堂号还反映了姓氏文化的道德观念，古代传统名门望族，特别注意以儒家道德观念来规范家族成员的行为道德。

堂号的命名方式多样。宗祠门联一般以其开基始祖最高的"功名"为头衔，或以其最突出的建树和功业为题来命名。

（三）祠堂的楹联文化

祠堂楹联不但是中华楹联的重要组成部分，还是中华民族传统道德教育的"特种教科书"。一个礼尊而貌严的祠堂，如果没有楹联，尤其是没有能匹配祠堂的楹联，这个家族不但被视为没有文化，还会遭人耻笑。所以，自古以来这类对联，一般是由族内德高望重、有一定文化修养的人撰写的。如果族内没有这种人物，那么，肯定要聘请有一定修养和文才的人来代笔。祠堂楹联以通俗易懂、教科书式的联语，缅怀先人，教育后裔，意义深远。

二、姓氏宗祠联技巧分类例析

（一）门联（含牌坊、大门、小门、重门、廊门）

大门联一般都是四言、五言的短联。古代的官宦或富商人家建筑宗祠牌坊，牌坊离大门不会很远。这种对联一般都是以"藏头格"的形式，嵌入宗祠的郡望或堂号，撰写族内开基世祖最有影响的人的官衔或功业。宗祠牌坊、大门联是姓氏宗祠联中最重要的部分，有的是直接刻在墙上或石柱上，也有的是用贵重的木材，阳刻贴金，旧了会重漆翻新。

大门联有通用与专用之分。可以通用某些大门联，说明是同一姓氏的；出自同一脉系，则郡望和堂号都相同，如陈姓祠堂的"颍川堂"、王姓的"三槐堂"，各地均可使用。宗祠的大门联，载体如果是石刻或木刻的，一般不会改变它。如果是用红纸书写的，联语一般也是固定的。郡望或堂号是牌坊和大门上的横额。如陈姓宗祠通用大门联：

颍川世泽；
太傅家声。

王姓宗祠通用大门联：

三槐世泽；
两晋家声。

小门联、重门联，形式多样，内容没有什么固定格式，有的可以是通用的。这类对联大都是治家格言，有的为描写祠堂周围环境，还有诗词集句或摘句联语。如下面这两副小门联或重门联：

创业成功忠是本；
立身行道孝为先。

忠孝有声天地老；
古今无数子孙贤。

光绪二十年（1894年），泉州生员林维青所撰族谱序载，宋仁宗时，敏公为御史中丞，一日向仁宗告假，奏请归乡扫墓。仁宗诏阅族谱，因获题诗：

长林派出下邳先，移入闽邦远更延。
忠孝有声天地老，古今无数子孙贤。
故家乔木蟠根大，深谷猗兰奕叶鲜。
上下相承同记载，二千年后万千年。

林氏后人摘出此诗的颔联，当作小门联使用，称说此乃林氏专用小门联。

其实，我在整理出版《中国客家对联大典》和《中国客家姓氏祠堂楹联》时发现，其他很多姓氏的祠堂小门，也用这副对联。这副摘句联用在祠堂里恰如其分，大家都拿来用便不足为奇了。另外，小门、重门大部分用七言联，最多的就如台湾地区的祠堂联，以"藏头格"或"嵌字联"撰写，以本祠的堂号名"藏头"或"嵌字"，后面的词语则用治家格言。如台湾邱氏"河南堂"小门联：

河汉江淮皆得所；
南西东北永朝宗。

这类小门联、重门联并无固定的载体，每逢春节或族内有人办喜事时用红纸写来，联语也不固定。

（二）堂联与栋对

祠堂楹联中的堂联一般是木刻或石雕的。堂联大都挂在中堂议事大厅或会客室里，联语多用典故，褒扬族内名人的重大功业，含有光宗耀祖的成分。如朱氏宗祠堂联：

折槛家声传万载；
考亭世泽著千秋。

"折槛"即折断殿槛之意，后来比喻朝臣敢于直谏。"折槛家声"典出敢于忠言直谏汉成帝的朱云。"考亭"典出朱熹（1130—1200年），字元晦，号晦庵，南宋理学家、教育家，徽州婺源（今属江西）人。绍兴十八年（1148年）

中进士，官拜焕章阁侍制兼侍讲。论学以居敬穷理为主，主张格物致知，反躬践实，是宋代理学的集大成者。朱熹讲学的地方叫考亭，后人称他的学派为考亭学派。所注"四书"，成为明清两代科举取士的准则。

还有一种堂联，是古代皇帝御赐或名人撰赠的。下面这两副便是唐、宋两朝皇帝赐给江州义门陈氏的。一副是唐僖宗赐的对联：

九重天上旌书贵；
千古人间义字香。

另一副是宋神宗赐的对联：

三千余口文章第；
五百年来孝义家。

史载，江州义门陈氏是南朝陈宣帝第五子陈叔明五世孙陈旺之后。唐开元十九年（731年），迁至江州浔阳县太平乡常乐里永清村（今江西德安车轿镇义门陈村），合族同居，延续二百三十多年。全家三千七百余口，拥有田庄三百多处，并未分家，同灶共食。直至宋嘉祐七年（1062年）七月，宋皇下旨按十二行派分拆为大小二百九十一庄，遍布今赣、鄂、浙、苏、湘、豫、皖、粤、川、闽、陕、晋、桂、琼、沪、津十六省、直辖市、自治区之一百二十五个县、市、区。

湖南湘阴左氏家庙（宗祠）建于清宣统三年（1911年），堂联为晚清四大名臣之一左宗棠所撰：

纵读数千卷奇书，无实行，不为识字；
要守六百年家法，有善策，还是耕田。

上联表明作者反对浮夸、主张务实的精神。左宗棠自幼年刻苦读书，留心经世之学，科场失意后更是潜心研究兵法、农学、吏治等有关社会现实的学问，出仕后仍不断研究"中国自强之策"。下联是对家族的殷切期望，告诫后人以务农为根本。祠联中的"奇书"对"家法"、"实行"对"善策"都是偏正结构的名词相对，"识字"对"耕田"为动宾结构相对。全联对仗较工，语言朴实，谆谆教诲，发人深思。

祠堂前厅和中堂最大，中堂的梁柱下面一条叫"子孙梁"。子孙梁下有一根木楹柱或石楹柱，这根楹柱镌刻或张贴着祠堂楹联中最重要的长联——栋对。栋对内容，除了记录本族祖先迁徙过程，褒扬祖宗光辉史绩之外，还把很多道德人伦、修身励志、居官治学、处世治家等的警世格言嵌入其中，告诫子孙如何立言立德，提醒后代继承发扬祖先勤劳俭朴、耕读传家、艰苦创业、行善积德、敬宗睦族、爱国爱家等光荣传统。

钟云舫题撰钟氏祠堂栋对：

蜀江闽海，隔八千里焉，天胜人，人更胜天，始得俾炽昌如此，念昔日巴山西上，樊水东来，露宿风餐，予先世亦良苦耳；

祖德宗功，历二百年矣，子生孙，孙又生子，居然聚国族于斯，喜今朝燕寝凝祥，鹤峰敛秀，云蒸霞蔚，我后裔其必兴乎。

这副栋对描写了钟氏祖先从福建上杭迁徙到四川途中的艰辛和在四川落户定居后子孙繁茂、家族兴旺的真情实景，如泣如诉如歌。

（三）龛联

神龛是供奉本族先祖和远祖的神牌，一般设在祠堂的上堂后面。凡逢节日或宗族重大活动，都要上香祭祀。神龛上边横批刻的是堂号，两边有阳刻的楹联。龛联是各个姓氏专用的，因为这里供奉的是这个祠堂后裔的先人。龛联大都撰写春祀秋尝的词语或前辈繁荣发迹的历史。如成都新都周氏宗祠龛联：

岐山西发家声远；
汝水南来世泽长。

上联指出周氏鼻祖出自岐山，即今陕西渭河之滨的岐山一带。下联意指周氏宗族迁徙汝河流域后又向南迁徙。

（四）灯对与檐联

灯对是在前厅挂灯笼的两边楹柱上镌刻或张贴的对联。从有祠堂开始，族内凡是增加男丁，在元宵节那天，就要到祠堂赏灯（因方言中"灯"与"丁"同音，"赏灯"谐音"上丁"，即添男丁）。灯对都是通用的，不分姓氏均可使用。如这副通用灯对：

灯火辉煌财丁旺；
梁材挺秀福满堂。

祠堂大部分有三堂，至少有上、下两堂，每堂的天井前的檐唇有两条石（砖）柱，贴在这两条柱子上的对联称檐联。檐联一般不会镌刻，留着空白，给以后族内人在祠堂办理红、白喜事时，张贴那种粗放型载体（用各色的纸书写）的对联，办完事后立即撤掉。如福建永定高陂林氏"绍卓堂"的一副檐联：

乾八卦，坤八卦，卦卦乾坤已定；
鸾九声，凤九声，声声鸾凤和鸣。

三、纪念公祠联技巧例析

纪念公祠包括为纪念一些历史名人或对社会、国家有过贡献的人而建的纪念祠、纪念馆或纪念园，一般由政府、社会团体或其后人出资建造。如四川青城山黄帝祠、成都武侯祠、江西文天祥祠等都属这一类。为纪念民族英雄郑成功，台北、台南、高雄等地均设有其祠宇，祭祀香火长年不断。这些祠庙名联很多，且都由名人、名书法家题撰书写。从下面所列三例中，可以领会到这类对联的创作技巧。

梁章钜题常熟草圣祠联：

书道入神明，落纸云烟，今古竞传八法；
酒狂称圣草，满堂风雨，岁时宜奠三杯。

草圣祠设在江苏常熟，是后人祀唐代书法家张旭之祠。张旭，字伯高，一字季明，吴郡（今苏州）人。初为常熟尉，后官至金吾长史，善草书，世称"草圣"。

全联巧妙地化用了杜甫《饮中八仙歌》中的"张旭三杯草圣传"和"挥毫落纸如云烟"两句诗。上联盛赞张旭书法的高超玄妙、出神入化。以张旭书法之"神"破题，接着第二分句以"落纸云烟"形容其所传"八法"之精。张旭草楷俱精，传"永字八法"，为后代楷书立下典范。下联状写张旭挥毫时的神态，不同凡响。先是以工稳的"满堂风雨"自对联语，应对上联的"落纸云烟"，赞其所书如风狂雨疾，变幻多姿。"岁时奠三杯"则表达了后人对这位书圣的崇敬与怀念之情。

这副纪念祠联概括精练，形象鲜明，惟妙惟肖。联语"书道"与"酒狂"是以名词相对；"神明"与"圣草"、"落纸"与"满堂"尽管结构不尽相同，但也为名词宽对；"云烟"与"风雨"、"今古"与"岁时"均为并列结构的名词，也可看作自对。"八法"（切被祀者），对"三杯"（切祀者），十分工巧。

于右任题陕西留侯祠联：

辞汉万户；
送秦一椎。

"留侯"即汉代张良，字子房，助刘邦灭秦建立汉朝，被誉为"运筹帷帐中，决胜千里外"的军事谋略家。汉朝建立后论功行赏，他被封为留侯。"万户"即万户侯，指封地有万户以上的人，泛指高官。

史载，少年张良是个血气方刚的侠客，他父亲及祖父都是战国时韩国的丞相。韩国为秦国所灭，张良一心报仇。秦始皇出巡到博浪沙（在今河南原阳东南）时，张良用一百二十斤重的大椎击打车驾，结果没打中秦始皇，误中随行副车。后张良逃至下邳（治在今江苏睢宁北）。这就是下联所说的"送秦一椎"。传说张良在下邳遇黄石公，得授《太公兵法》一书，深明韬略，足智多谋，助汉高祖刘邦夺得天下。功成名就后，张良不问政事，隐居起来。这就是上联所说的"辞汉万户"。

后人仰慕张良的才智和品德，修建了留侯祠来纪念他。此联写了张良一生干的两件大事，用字简洁，犹如画龙点睛，确属纪念祠联之佳作。

"辞"和"送"是动词相对，"汉"和"秦"是朝代名相对，"万"和"一"是数词相对，"户"和"椎"是名词相对。此四言联对仗工整，平仄声律和谐。

郭沫若题济南辛稼轩纪念祠联：

> 铁板铜琶，继东坡高唱大江东去；
> 美芹悲黍，冀南宋莫随鸿雁南飞。

辛稼轩纪念祠是1961年由原李鸿章祠改建而成的，1980年重修，为古代官署型建筑。辛弃疾，南宋词人，字幼安，号稼轩，历城（今山东济南）人。因主张抗金，一直受投降派的排挤打击。

"铁板铜琶"形容激昂豪放的乐曲或文辞。语出宋代俞文豹《吹剑录·外集》："东坡在玉堂日，有幕士善歌，因问：'我词何如柳七？'对曰：'柳郎中词，只合十七八女郎，执红牙板，歌"杨柳岸晓风残月"；学士词，须关西大汉，铜琵琶，铁绰板，唱"大江东去"。'坡为之绝倒。"

"美芹"本指农夫以水芹为美味，欲献于他人，后比喻以微物献给别人。语出《列子·杨朱》。"悲黍"即小米。史载，周室东迁后，周朝志士回到故都，见昔宗庙夷为田地，黍苗丛生，便悲国家之颠覆。《诗经》中有《黍离》篇。

上联盛称辛词豪放雄浑，开一代新风。"大江东去"是苏轼《念奴娇·赤壁怀古》首句，后人多用"大江东去"代表苏（东坡）词创作风格。辛弃疾继承了苏词豪放的特点，在创作中取得了较高的成就。

下联则感慨辛弃疾报国无门，抒千古悲愤。辛弃疾希望南宋小朝廷不要偏安江南，而要立志收复失地，表示了他"男儿到死心如铁"（辛弃疾《贺新郎》）的豪情壮志。

此联前一个分句的"铁板铜琶"和"美芹悲黍"为句中自对。"东坡"对"南宋"虽一个是人名，一个是朝代名，但字面上对仗极其工整；"大江东去"对"鸿雁南飞"同样精妙。联语声调节奏清晰，"继"与"冀"为领字格，其余两个音节的每个音节点均平仄相对，音律节奏高低分明。郭沫若不愧为当代对联大家。

第六节 民居厅堂联

一、民居厅堂联概说

民居厅堂联是典型的实用性对联。明清以后，官宦、富商等大户人家，除建筑私家花园之外，还会建造一些如小别墅之类的私家住宅。有些百姓也通过自己的努力或亲友的捐助，建盖民居。这种住宅建筑规模普遍较小，一般除了有厅堂外，少数还配有小花园、书房或会客室。

民居厅堂联分为居室外联和居室内联两种：居室外联包括大门联、小门联、重门联等；居室内联主要有厅堂联和书房联。厅堂联有自题的，但大都是亲友赠贺的。书房联则大都为文人墨客自题。

民居厅堂联也有专用和通用两种。专门为这座建筑撰写的对联，多见于室外的大门联。室内厅堂联和书房联，大多为通用联，谁都可以使用。

改革开放以后，随着人们生活的改善，民居小楼（或称为别墅）逐渐增多。这类建筑的命名方式，大都冠以主人姓氏的"郡望"或"堂号"，也有的冠以主人夫妇名字的。镌刻在大门两侧墙上的对联，多为"藏头格"的联语，一看便知主人的姓氏。

创作这种对联较为容易,室外的大门联与祠堂门联相似,通用的门联主要体现主人的喜爱或希望,联语大多为吉祥话或德行伦纪之类的格言。室内联的创作,注意与室内环境相协调,要切合主人的身份、职业,多用励志、处世、治家之类的名言警句,或用诗词曲赋集句联,特别要注意用词,切忌开玩笑。

室外门联大都是四言、五言的,少数用七言的。室内的厅堂、书房、会客室等,大都用七言或两个分句十三言的联语。

二、民居厅堂联技巧分类例析

(一)居室外联

1.通用居室外门联

祥光北拱;
紫气东来。

德门呈燕喜;
仁里灿龙光。

"燕喜"意为宴饮喜乐。《诗经·小雅·六月》:"吉甫燕喜,既多受祉。"宋代朱熹集传:"此言吉甫燕饮喜乐,多受福祉。""龙光"喻指不同寻常的光辉、非凡的神采。

这类门联没有什么特别限制,大家都可用。

2. 专用居室外门联

明清以后,大户人家建筑私家住宅,起名多叫"某某庐"或"某某园",且多有专用的门联。

晚清著名的外交家、诗人黄遵宪,出身于梅州富商之家。他在出任外交官前,便在家乡自筑一个占地仅几百平米的小别墅,但里面却"五脏俱全",取名为"人境庐"。戊戌变法失败后,黄遵宪罢官回乡,重修人境庐时,题撰、镌刻了这副大门联:

结庐在人境;
步屟随春风。

这副门联是黄遵宪集陶渊明、杜甫诗句联。上联"结庐在人境"是晋代陶渊明《饮酒·其五》诗的首句,下联"步屟随春风"是唐代杜甫《遭田父泥饮美严中丞》诗的首句。

黄遵宪为什么集这两个大诗人的诗句用作门联呢?我们知道黄遵宪当时的处境:"康梁变法"失败,许多参与变法、主张推行新政者都人头落地,光绪帝遭幽禁,康、梁等流亡海外。黄遵宪被押解至京将被处决,幸而英、日等国驻清公使及时抗议,慈禧才同意他辞职回乡。黄遵宪返乡隐居,修缮人境庐,但他的爱国之心始终未灭。他在这里重修《日本国志》《人境庐诗草》等著作以及其他外交书籍，创办教育，时时关心国家兴亡大事；与梁启超、丘逢甲等书函往复，热心推进立宪，著述讲学。从这副集句门联可以看出黄遵宪满怀爱国之心。所以，集句联所集之句，体现的是集句者的思想情感和精神世界。我们可从这里学到集句联的"功夫"！

人境庐小门联：

朝来爽气；
晚节秋容。

上联写景。"朝来爽气"出自宋代辛弃疾的《木兰花慢·题上饶郡圃翠微楼》。暗切他早年不畏强权，勇于探索，革新变法的豪情。下联寄情。"晚节秋容"出自宋代韩琦《九月水阁》诗："莫嫌老圃秋容淡，且看黄花晚节香。"描写作者晚年虽被免职闲居在家，但仍然保持着秋菊傲霜的气节。

（二）居室内联

清代到民国年间，对联盛行，文人墨客、达官贤人、商界名流人家的居所内总会悬挂一副或数副对联。这种室内联，主要用于客厅、书房、卧室等地方。另外，大户人家居所内的花园、廊亭阁榭等处的对联，也应列入此类。

1. 居所花园联

人境庐内左边小花园上边的息亭，是黄遵宪接待朋友的地方，亭子里有一副抱柱联：

有三分水，二分竹，添一分明月；
从五步楼，十步阁，览百步长江。

上联写的是人境庐周围的环境，"有三分水，二分竹"，如果天清月朗，再"添一分明月"，在此居住，该多么惬意！下联写"从五步楼，十步阁"上，"览百步长江"。这里的"长江"，指的是离人境庐仅百步之遥的梅江。此联运用"复辞"技巧，通过六个数目字，十分形象地描绘了人境庐的环境。同时还表达了作者虽身处逆境，但对前途仍未失去信心，依旧昂然向上、步步登高的一腔豪情。

人境庐玲珑阁抱柱联：

从世外身，望身外天，作天外想；
留空中影，为影中画，看画中诗。

上联写作者因变法失败，被罢官在家，但他"望身外天，作天外想"，心里还是想着国家的前途命运。下联写他虽闲居在家，却对隐居生活"心不在焉"，表达出心怀雄伟抱负而无法施展的无奈。

2.厅堂联

人境庐堂联（其一）：

> 妙境天开，松古石奇原旧馆；
> 香云风送，山幽房静是清凉。

此联是说变法失败后，黄遵宪辞官归里，潜心著书立说，在这里度过了他最后的人生。全联看似均为写景，但从中可以看出，其实他的内心是不平静的。

人境庐堂联（其二）：

> 药是当归，花宜旋覆；
> 虫还无恙，鸟莫奈何。

全联以花、鸟、草、虫构成联语，意在抒发归隐后的复杂心情。"当归"即中药当归，"旋覆"是中药旋覆花，"无恙"为虫名，"奈何"是杜鹃鸟的俗名，联语中的这四个词均一语双关，表面上说的是他虽退居乡里，身体无恙，但字里行间感受得到他发自内心的时局维艰而欲说不能的悲哀。全联抒发的是黄遵宪不甘寂寞、与命运抗争的心情。

明代名臣袁崇焕，字元素，广东东莞人，徙居藤县。万历进士，官至兵部尚书。清军进逼京师，他领兵护卫，后被冤杀。著有《袁督师遗集》。袁崇焕有一副堂联：

> 心术不可得罪于天地；
> 言行要留好样与儿孙。

联语的主旨是严格要求自己。心术不正，纵然别人不知，但得罪了天地，所以要时刻警醒自己。出言不慎，行为不端，首先会潜移默化地影响自己的儿孙，要给儿孙们做一个好榜样。此联的"心术"是偏正结构，"言行"为并列结构，属于名词的宽对。"得罪"与"好样"对仗过宽，"天地"与"儿孙"都是并列结构的名词，也可看作自对。此联声调在节奏点上基本做到了上下平仄相对，唯"罪"与"样"同为仄声，不甚相谐，但考虑到全联用的是口语化的语言，声调上可以从宽一些。

3.会客室联

天将化日舒清景；
室有春风聚太和。

这是一副通用会客室联。"化日"指气候温和宜人，万物化生。"太和"古代指阴阳会合冲和的元气。

下面这副摘自唐代李白的《题东谿公幽居》，也可用于会客室：

宅近青山同谢朓；
门垂碧柳似陶潜。

上联的谢朓，南朝齐人，喜山水之乐，善草隶书，长五言诗，尤擅长山水风景诗。下联之陶潜，即陶渊明，字元亮，晚年更名陶潜，别号为五柳先生，晋代著名的文学家。

4. 书房联

林则徐自题书房联：

> 海纳百川，有容乃大；
> 壁立千仞，无欲则刚。

"百川"一词出自《庄子·秋水》："秋水时至，百川灌河。"这里泛指众川。古以八尺为仞，"千仞"言其高或深。晋代左思《咏史》诗："振衣千仞冈，濯足万里流。"此联立意很高，作者不以空洞的言语来说教，而是以鲜明的形象来表达深刻的哲理。此联脍炙人口，与"有容德乃大，无私品自高"这类励志联语同出一辙。

全联对仗基本工整，"川"为名词，"仞"为量词，对仗上稍微宽些。此联用了八言联常见的声调格式："仄仄平平，平平仄仄；平平仄仄，仄仄平平。"唯下联第二字应该用平声而实际使用了仄声，但并不影响全联的工与稳。

孙中山自题书房联：

> 愿乘风破万里浪；
> 甘面壁读十年书。

中国民主革命的伟大先行者孙中山，广东香山（今中山市）人，1892年毕业于香港西医书院，后赴檀香山成立兴中会，1905年在日本联合华兴会、光复会等革命团体成立中国同盟会。1911年辛亥革命后，被十七省代表推举为中华民国临时大总统。

这副书房联用了两个典故，贴切恰当。上联典出《宋书·宗悫传》："叔父炳，高尚不仕。悫年少时，炳问其志，悫曰：'愿乘长风破万里浪。'""面壁"原为佛教用语，指面对墙壁静坐，领悟教义。此处指静下心来闭门读书。上联写做人的远大志向，具伟人气魄。下联写读书的坚定决心，有学者风范。面壁读书是为了乘风破浪，乘风破浪也必须在面壁读书的基础上才可能得以实现。

"愿"与"甘"都是动词，"乘风"与"面壁"皆为动宾短语，"万里"与"十年"为数量词对，"浪"与"书"为名词对，都很工整。

此联句法节奏较为特殊。全联为三四结构的七言联："愿乘风，破万里浪；甘面壁，读十年书。"后四字属于一三结构。分句句脚的"风、浪、壁、书"构成了常见的"平仄—仄平"格式。上联后四字连仄，正好表现"破浪"的坚定；下联后四字中的最后两个字连平，恰好表现"读书"的平和。

诗言志，联亦然。表达某种人生态度的哲理联，非常适于亲朋师友间题赠以及居室书斋中悬挂。如郑燮自题的

这副书房联,极富哲理,耐人寻味:

室雅何须大;
花香不在多。

全联言简义丰,生动地再现了作者"繁冗削尽"的艺术意趣以及不慕荣华、淡泊名利的人生观,历来为人所喜爱,广泛流传。

此联对仗工整。"室"与"花"为名词对,"雅"与"香"为形容词对,"何须"与"不在"皆为副词,"大"与"多"也为形容词。"大"与"雅"修饰"室","多"与"香"修饰"花",照应得当。此联音律为"仄仄平平仄;平平仄仄平",与五言律诗格律一致,是最为常见的一类平仄格式。

下面是我集的一副对联,可作为通用书房联:

每有良朋,莫放春秋佳日过;
斯是陋室,最难风雨故人来。

上联首句"每有良朋",出自《诗经·小雅·常棣》,下联首句集唐人刘禹锡的《陋室铭》。上下联第二分句,摘自清代大学者孙星衍题撰的一副抱柱亭联。上联告诉人们应珍惜美好时光,勿让它匆匆流过;下联说最难得的是在穷困潦倒、最困难的时候,有朋友来探望。

整联对仗工稳,音律为一般十一言联的"仄仄平平,仄仄平平平仄仄;平平仄仄,平平仄仄仄平平"正格句式。此联作为堂联,挂在书房,若配上中堂画,甚有意趣。

第七节 政教行业联

一、政教行业联概说

自明、清直至民国时期,对联分类中多有政务衙署联、书院学堂联这两类。这两类对联,一般水平较高。政务衙署镌刻、悬挂的对联,往往都是当地的行政长官或者是文化名流所撰。现在政务部门已经很少悬挂对联了(春联除外),政务衙署、书院学堂类的对联也已名存实亡。所以,根据目前实用情况,把政务衙署、书院学堂、行业商肆类的对联统称为政教行业联。

政务衙署联即政府及各类行政机关所用的对联。

书院学堂联即古代的书院和现在的文化教育部门、各类学校所用的对联。

行业商肆联是对联中比较大的一个门类。古代行业商肆范围很广且多,开张时都有挂、贴对联的习惯。现在祝贺开业多被花篮代替,很少有人张贴对联。行业商肆联再分为两小类：一类是新开张行业商肆联，另一类是永久性行业商肆联。

二、政教行业联技巧分类例析

（一）政务衙署联

中国古代官吏办理公务的处所叫衙署，政府及各类行政机关张挂的对联，都属于政务衙署联。

安民则惠；
立身为清。

"安民"即社会稳定，人民安居乐业。"惠"是仁惠、仁爱。要民安，须有惠政。"立身"即立身处世。为官须清正廉明，树己立身。

玉镜空中朗；
冰壶澈底清。

"玉镜"指明月，比喻为官如明月，清正廉明。"冰壶"喻指为官如冰壶一样，洁白公正。这副对联上联的"玉镜"和下联的"冰壶"，都指月亮，犯了合掌之忌。

封疆重寄；
幕府高牙。

"封疆"即古代分封疆土，省署官员称为封疆大吏。"重寄"指朝廷寄以重任。"幕府"是古代将军的府署。"高牙"即大将的牙旗，也泛指这些封疆大吏的仪仗。

（二）书院学堂联

古代，书院学堂之类的对联很多。一些文人名士不愿为官，却很乐意开设书院，设馆授徒，各地书院林立，名联很多。这些联语，大多为著名文人名家题撰，不但对联水平很高，而且为当时书法大家所题，很有收藏价值。如宋代四大书院之一的岳麓书院，坐落于湖南长沙湘江西岸的岳麓山脚下，著名理学家朱熹曾在此讲学。其大门联为袁名曜、张中阶题撰：

唯楚有材；
于斯为盛。

岳麓书院创建于北宋开宝九年（976年），历经宋、元、明、清数代，至清光绪二十九年（1903年）改为湖南高等学堂，历时千年，弦歌不绝，故有"千年学府"之称。

袁名曜于清嘉庆十七至二十二年（1812—1817年）任岳麓书院山长（即院长），张中阶为岳麓书院学生。有一天，门人请山长题撰大门联，袁以"唯楚有材"出句，嘱诸生应对。诸生沉思未就，明经（对贡生的尊称）张中阶至，众人请其对之，张应声对曰："于斯为盛"。这副名联就此撰成，书就悬于大门两边。抗日战争中，被日军飞机炸毁。

上联"唯楚有材"，语出《左传·襄公二十六年》："虽楚有才，晋实用之。"下联"于斯为盛"，语出《论语·泰伯》："孔子曰：'才难，不其然乎？唐虞之际，于斯为盛。'"

程颂万题长沙岳麓书院二门联：

纳于大麓；
藏于名山。

此联作者程颂万（1865—1932年），字子大，一字鹿川，号十发居士，湖南宁乡人。当代教育家、国学大师程千帆的叔祖父，少年便有文才，善应对，喜研词章，擅长书法，篆、隶、楷均精。曾任岳麓书院学监。

上联"纳于大麓"，语出《尚书·尧典》："纳于大麓，烈风雷雨弗迷。""纳"是藏入之意。"麓"为山脚。岳麓书院在岳麓山脚下。下联"藏于名山"，语出汉代司马迁《报任少卿书》："藏于名山，传之其人。"

朱熹题庐山白鹿洞书院联：

日月两轮天地眼；
诗书万卷圣贤心。

宋初扩建而成的白鹿洞书院，位于江西庐山五老峰南麓，与湖南衡阳的石鼓书院、河南商丘的睢阳书院、湖南长沙的岳麓书院并称"四大书院"。此联作者朱熹是南宋著名哲学家、教育家，宋代理学的集大成者。

上联以"日月"做比喻，将明亮的太阳和皎洁的月亮喻为天地的两只明澈的眼睛，时时刻刻注视着人们的一举一动。为此，治学要珍惜光阴，刻苦努力；做人要襟怀坦白，光明磊落。下联劝诫人们只有读万卷诗书，方能领会圣贤之心，聆听圣哲贤达的有益教诲，以增强自己的修养。此联比喻新颖，意味隽永，表达了朱熹作为一代宗师，对于复兴儒学的迫切心情，以及对诸学众生的殷切期望。

此联"日月"对"天地"，是天文地理类并列名词相对；"诗书"属文事，"圣贤"属人物，均为句中自对；"两轮"与"万卷"是数量词相对；"心"与"眼"属于形体类名词相对。全联对仗工整。"仄仄平平平仄仄；平平仄仄仄平平"的声调，是七言律句格式，"两"在第三字，可平可仄。

清人李秀峰题白鹿洞书院联：

事业铸千秋，白鹿导前迎白鹭；
忠贞博万里，丹楹启后育丹心。

此联巧妙地追溯了白鹿洞书院的历史。书院始建于唐初，是唐代洛阳人李渤、李涉兄弟隐居读书之处。李渤因养一白鹿自随，人称"白鹿先生"。825年，李渤在原读书处扩建学堂，名曰白鹿洞。宋初扩建为白鹿洞书院。

江苏无锡东林书院大门联：

> 此日今还再；
> 当年道果南。

东林书院原名龟山书院，建于北宋政和元年（1111年），为北宋理学大师杨时（号龟山）讲学处，是我国古代著名书院。元代僧人在这里建东林庵。明万历三十二年（1604年），顾宪成等人共同倡议，在杨时讲学遗址复建东林书院，聚众讲学，讽议朝政，指陈时弊。东林君子遭到宦官魏忠贤的通缉迫害，崇祯年间方得以昭雪。

此联典出书院创始人杨时。他曾撰有《此日不再得示同学》长诗，勉励诸生珍惜光阴，刻苦为学。杨时自洛阳南归时，其师北宋理学家程颢目送他曰："吾道南矣。"原联早已散佚，现由著名学者钱伟长重题。

顾宪成题东林书院联：

> 风声雨声读书声，声声入耳；
> 国事家事天下事，事事关心。

这是一副著名的复辞联。联作者顾宪成,字叔时,号泾阳,人称"泾阳先生",明代无锡人。万历进士,官至吏部文选司郎中。当年,顾宪成因违帝意,削籍罢官归里,与高攀龙等在东林书院讲学。卒谥端文,有《顾端文公集》。

上联的"风声"和"雨声"既表示自然界中的风雨,同时也暗示了社会生活中的风风雨雨,生动地描绘了当年东林党人在那风雨交加、国难深重的时代,坚持读书治学的情景,也表现了作者对于学子们学好知识以经世致用的期望。

下联中的"国""家""天下"层层递进,表现了作者作为读书人所具有的强烈的责任感,表达了东林党人心忧天下、关心国事的思想。

一字五叠,上下联节奏点皆平仄相对,无懈可击。全联语言朴素无华,平中见奇,一语双关,别具匠心,成为千古流传的名联。

（三）行业商肆联

唐、宋以后,手工业高速发展,工商业分工越来越细。大小商肆、三教九流的招牌门面,不但喜欢用对联来装饰门面,甚至把对联文化融入到工商贸易中,撰写对联广告,推销产品,将这高雅的文化艺术用到极致。民国以前,就连青楼这一行业,都有专用的对联。如:

门迎春夏秋冬福;
户纳东西南北财。

据传，这副对联便是晚清时江南某地青楼专用的春联。现在有人把它用作居家春联，是很不妥当的。

行业商肆这类对联，如果要细分，可分为很多门类。酒楼饭店、旅店客栈、理发店等服务行业，酿酒、装饰、装裱、刺绣、工艺美术等手工业，举不胜举。行业商肆联出现于什么时候？没有文字记载。但是，我们从明太祖朱元璋题给屠户的春联便可看出，明代连阉鸡劁猪这个行业都有对联了：

> 双手劈开生死路；
> 一刀割断是非根。

有人认为，行业商肆联起源于楹联鼎盛的清代，并不确实。不过，清代的行业商肆联极为风行，以至成为一个门类，当无疑义。如张之洞任两湖总督，为湖北织布局题撰的门联：

> 经纶天下；
> 衣被苍生。

上联的"经纶"，说的是整理丝缕，引申为处理国家大事。出自《礼记·中庸》："惟天下至诚，为能经纶天下之大经。"下联"衣被"用作动词，比喻加惠于人。"苍生"借指黎民百姓。全联只八个字，便概括了纺织行业的特点，指出了这一行业对于国计民生的重要性。

1. 新开张行业商肆联

这种对联，是在新店或新企业（公司）开张时张贴或悬挂的对联，写在红纸或红布上，属于粗放型的，存在时间较短，也没有什么保存价值。写作时只要针对行业特点写吉祥话便可，平仄格律可以适当放宽一些。下面这几副开业联，是人们经常看到的：

通用商肆开业联：

商业信誉重；
店风逢春新。

通用灯具店开业联：

不愁夕阳去；
还有夜珠来。

这是一副流水对。上联着力"不愁"，为顾客解忧，反映店家为大众着想，引出下联的"夜珠"（灯具）。上联一"去"，下联一"来"，示意时间的变化，显出灯具"夜珠"的功能。

通用图书馆开业联：

诸子千家罗万卷；
百科四库集三秦。

通用酒楼开业联：

举杯邀明月；
拍手歌春风。

水如碧玉山如黛；
酒满金樽月满楼。

茶叶店开业联：

陆羽谱经，卢仝解渴；
武夷选品，顾渚分香。

医院或药店开业联：

业擅岐黄，利泽百年三世业；
学参中外，流源一贯万家春。

商场强调对顾客热情周到、文明礼貌。但标语口号之类的言语，不宜入联。如下面这副口号式的对联，缺乏诚意，毫无美感：

礼貌服务；

文明经商。

　　行业商肆对联的作用有两个：一是装饰门面；二是介绍产品、商品，吸引顾客。这类对联最忌讳广告气味，如"载誉""名高"之类的词，多半名不副实，不宜入联。

　　还有一种嵌入字号的"藏头格"或"嵌名联"的行业联，在联语中嵌入自家商行的字号，以别于其他家，其字号多取一些吉利名字，如大同、悦来、义利、茂源等。这种联语大多没有什么新意，所以流传不多，也最好别写。

2. 永久性行业商肆联

　　这种对联，用于建筑装修豪华、规模较大的企业或商行，大都悬挂在大门两侧，或镌刻在大门立柱上。有的宴会厅或豪华包厢的大门上，或镌刻木质对联，刷上油漆，或装裱起来加镜框悬挂在室内。撰写这种行业对联，要针对行业特点，细加斟酌，认真对付。联语撰写得好的，还会被人抄录，广为流传。据说在民国时期，江南某地一家酒店因经营不善面临倒闭，店主打算关门收档。一天有一文士来此用餐，发现饭菜不错但门庭冷落。这位文士问明原因，遂向店主要了纸笔，挥毫书联：

东不管，西不管，酒管；

兴也罢，衰也罢，喝罢。

接着，又横书"东兴酒馆"四个大字，作为店名。此联联语别具一格，看似随意，实则切合顾客心理和时局，吸引了大量过往行人驻足深思。这家酒店从此变得顾客盈门，生意日渐兴隆。

下面这副名联，凡酒楼均可使用：

屈醒陶醉随斟饮；
春韭秋莼入品题。

"屈醒陶醉"出自屈原的"众人皆醉我独醒"和陶渊明的"造饮辄尽，期在必醉"句。"春韭秋莼"出自杜甫诗句"夜雨剪春韭"，化用西晋张翰的"莼羹鲈脍"之典。用典自然天成，寓意深刻。

潮州韩江酒楼联：

韩愈送穷，刘伶醉酒；
江淹作赋，王粲登楼。

全联四个分句，分说四位古代著名的文化人：韩愈，唐代著名文学家，曾被贬为潮州刺史，著有名作《送穷文》。刘伶，魏晋时期"竹林七贤"的名士之一，以嗜酒闻名。江淹，南朝梁著名文学家，擅长作赋，有《恨赋》《别赋》名世。王粲，汉末文学家，"建安七子"之一，其

《登楼赋》为千古名篇。

这副对联综合运用了"鹤顶格"和"凤尾格"两种方式,不光是在联中嵌了四位文豪大名,而且还不露痕迹地在联首和联尾嵌入了"韩江酒楼"。

此联四个人名,两两相对,上下联两个分句相对又句内自对,很是工整。句脚声调用"平仄—仄平"的格式,平仄和谐,声调铿锵。全联创意独特,洒脱工切,达到了炉火纯青的艺术高度。

行业商肆联的创作,还可以使用与本行有关的重要的历史事件或逸闻趣事,追溯本行业的历史或本店字号的来源等。

纸店联:

薛家新制巧;
蔡氏旧名高。

上联指唐代女书法家薛涛创制新笺,下联指东汉蔡伦造纸。这都是纸行的重大历史事件。

扇子店联:

羲之五字增声价;
诸葛三军仗指挥。

联中引出两位与扇子有关的古代名人。上联说的是王羲之。《晋书·王羲之传》载，大书法家王羲之"在蕺山见一老姥，持六角竹扇卖之。羲之书其扇，各为五字。姥初有愠色。因谓姥曰：'但言是王右军书，以求百钱邪。'姥如其言，人竞买之"。下联说的是诸葛亮。《太平御览》引《语林》载，诸葛亮与司马懿战于渭滨，乘素舆、着葛巾、执白羽扇，指挥三军。这就是后来在舞台上常见的诸葛亮"羽扇纶巾"的形象。

北京六必居酱园始建于明嘉靖九年（1530年），字号"六必"来源于酱园的六条规矩："黍稻必齐，曲蘖必实，湛之必洁，陶瓷必良，火候必得，水泉必香。"杨起所作的六必居酱园联，巧妙地将其嵌入联中：

黍必齐，曲必实，湛必洁，器必良，火必得，泉必香，京华古都传统，必严必信，居家旅行，懿哉君子；
味斯淳，气斯馨，泽斯清，质斯正，形斯雅，品斯精，嘉靖年间风骨，斯承斯盛，佐餐助酌，莞尔佳宾。

第八节　文娱谐巧联

一、文娱谐巧联概说

文娱谐巧联指某些传统节日或其他文娱活动、庙会灯谜以及娱乐场所等使用的对联。这类对联可分为三个小类：一是传统节日庙会门联，二是茶楼戏台联，三是巧对、妙对与谜语联。

二、文娱谐巧联技巧分类例析

（一）传统节日庙会门联

过去元宵灯节举办庙会，一般在搭建的庙会门口悬挂对联。如：

> 花市千门雪；
> 灯衢万里春。

> 灯火良宵，鱼龙百戏；
> 琉璃世界，锦绣三春。

张挂这种对联主要是为了增加节日气氛。横幅和对联中应写明是什么节日，举办的是什么活动。

（二）茶楼戏台联

古代的茶馆、酒楼、戏院，往往是雅士文人消遣聚会之所。这些场所，都不免有对联装点，多用集句联，以博一粲。这类对联在前面的行业商肆联中已有介绍，不再赘述。

戏台联是指元代杂剧兴起后，用于固定的演戏场所（戏园）和临时演戏场所的对联，一般题于戏台两侧或戏园门上作装饰用。古代庙会期间，会组织各种活动，最常见的是请戏班子来演戏，戏台两边要贴上对联。戏台联往往构思奇特，妙趣横生，耐人寻味。如：

上场应念下场日；
看戏无非做戏人。

上联的"上场"和"下场"，指登台和下台，同时暗指世事人生的开场和收场。下联直接把看戏的戏外人当成了戏中之人，点明"做人"的道理。联语结构紧凑，内涵深刻，语调轻松。全联对仗工整，节奏为"二二三"格式，"场"字和"戏"字有规律地重复使用，读起来非常顺畅。

（三）妙对、巧对与谜语联

1. 妙对、巧对

相传清代嘉应州宋湘，乘船赴试考举子，夜泊大埔三河坝，一时内急，站在船尾小便。恰好一个妙龄少女在河边洗衣，见状又羞又怒，大有兴师问罪之意。船主告以船客是嘉应州才子宋湘，谁知这女子更怒，说读书人如此无礼，还有可能中举吗？便面告船主说："我出一对子，他如能对出便罢，对不出，今晚你休想在此泊船过夜。"说罢，出了这句上联：

白面书生，肚内无文休想贵；

宋湘不假思索地应对道：

红颜女子，腰间有货不愁穷。

女子见宋湘果然有才华，便说："看你还真还有点才华，饶了你吧！"

古代这些巧对名联很多。不过，也有很多油嘴滑舌，甚至低级下流的对联作品。学习写对联，千万别学这样的对句，不然会养成坏习惯，有伤联德。

古代的庙会，也会设这种妙对、巧对，奖以小实物或少许奖金，以吸引观众。如这副著名的叠字巧对：

天上月圆，人间月半，月月月圆逢月半；
今宵年尾，明日年头，年年年尾接年头。

全联反复运用"月"字与"年"字，读起来令人玩味无穷。上联用了六个"月"字，下联用了六个"年"字。上联第一个"月"指月亮，第二个"月"则是表示时间的"月"，说的是月圆时分都在农历的月半，即每月的第十五日。下联是说的是今宵是今年的最后一晚（除夕夜），明日（正月初一），是明年的第一天，这样周而复始，年年如此。

这副对联的前两个分句，使用了句中自对，"天上"与"人间"、"今朝"与"明日"、"月圆"与"月半"、

"年尾"与"年头",也都是自对。最后一个分句前三个字是叠字,前两个字表数量关系,第三个字是名词。前两个四言分句的节奏点平仄相对,最后一个七言分句是标准句式,上下联双数位置的字和最后一个字的平仄两两相对,使得声调和谐。

2. 谜语联

谜语联是将谜面化入对联之中,在字面上造成一种意境,要求有韵律,有节奏,容易上口,好记忆。这类对联娱乐性、趣味性强,如果谜底容易猜,大众则更容易接受。如:

秉公不偏三尺律;
凿壁可偷一线光。

此联为三国人名谜,上联的谜面为蜀国刘备的谋士"法正",下联则为"孔明"(诸葛亮的字)。

又如:

明月一钩云脚下;
残花两瓣马蹄前。

谜底是"熊"字。

还有这一谜面联:

日落香残，免去凡心一点；
炉熄火尽，务把意马牢拴。

上联谜底是"秃"字，下联谜底是"驴"字。相传一个和尚，喜欢附庸风雅，有一才子来寺进香，和尚请才子题联，才子便挥笔题就此联。和尚不解其意，扬扬得意悬挂此联许久。后来被另一个香客识破，告诉和尚，和尚气得大骂。

第九节　征联求偶联

一、征联求偶联概说

征联求偶，是古代文人在饮酒行乐时的一种文字游戏。现在是指举办征联活动征集各类对联。征联求偶活动始于何时？没有确切的文字记载。

古代文人相聚，往往出联作对，以为益智游戏。这种游戏联巧斗心思，对完即罢，并不题书。其内容随意性极强，难度一般很大，因此，如有妙对，自然成为佳话流传。前面讲过，西晋时陆云和荀隐在张华家的对话，恰成一副艺术性颇高的人名对：

云间陆士龙；
日下荀鸣鹤。

文史家们认为，这是中国最早的游戏联。这个人名对，除了可视为互报姓名外，还可看作一幅优雅飘逸的图画：云海中游龙；阳光下鸣鹤。陆云世居华亭，古称松江华亭（今上海）为"云间"。皇帝所在之地称为"日下"，西晋时洛阳为首都，故此处的"日下"代指洛阳。上联的"云间"与下联的"日下"都是地名，并且"云"和"日"都是天文类名词，"间"和"下"是方位词；最后两个人名相对，并且"龙"和"鹤"是动物类名词相对。全联对仗非常工整。上联声调为"平平仄仄平"，下联为"仄仄平平仄"，符合五言律诗的格律，只是上联尾字为平声，下联尾字为仄声，有些联书将上下联颠倒过来。

清代翰林李载熙，编过一本《争坐位集字联》，这便是当时文人间的文字游戏。后来的对对子、打诗钟，是文人在宴会上的一种娱乐活动，实际上就是征联活动，不过范围较小罢了。

在古代，这种出句求偶的对联是很多的。明代的解缙出口成章，传说他八岁便能对对子。一天县官传见，由其父驮去见县官，县官一见大笑曰："将父作马"；解缙坐在其父肩上，不假思索答道："望子成龙"。县官大惊，留其父子吃饭，第一盘菜上的是螃蟹，县官还想出句再试试："螃蟹浑身甲胄"；解缙指着墙角一蜘蛛应声答道："蜘蛛满腹经纶"。县官连声赞道："神童！真神童！"

清代大才子纪昀，三十岁中进士，任翰林院侍读学士，宫里太监欺他年幼，出句叫其对：

小翰林，穿冬服，持夏扇，一部春秋曾读否？

纪昀随即对道：

老总管，生南方，长北地，那个东西还在吗？

出句"春秋"是书名，纪昀的下联把这个"阉臣"讽刺了一下：你裤裆里面那个"东西"还在吗？入木三分！太监自讨没趣，从此再也不敢惹纪昀了。

相传，古代有一美貌才女，用茶油、灯芯草做照明用的灯盏，出上联为自己征婚：

白蛇渡江，头顶一轮红日；

后来一个宰牛杀猪的屠夫，看到自己挂在墙上的杆秤，状如游龙，再看秤杆上用铜钉做的秤星，犹如天上闪闪发亮的金星，写了此下联，对得天衣无缝：

乌龙挂壁，身披万点金星。

姑娘看到对句，满心欢心，二人后来结为夫妇。

已故师友谷向阳教授的《中国楹联学概论》和《中国对联大典》，对征联求偶的来历叙述得很详尽。他认为，征联求偶联在古代属于"巧联妙对"的民间文学范畴，以口头应对的形式在民间广泛流传。最早的征联活动，相传是清代咸丰二年（1852年）春，广西武缘（今武鸣）举行过一次较大的迎春征联比赛。比赛规则是：参赛者每人抽签，抽到写明号码的签的，要出上联；抽到没有号码的签的，则对下联。前来比赛的文人学士络绎不绝，观者甚众。经过几个回合较量，秀才尹文清和陶学良两人进入决赛，决赛的对联是：

三江水浅鱼来少；
五岭山高雁到稀。

鱼戏柳塘生细浪；
马行花径起香尘。

碧天连水水连天，水天一色；
明月照霜霜照月，霜月交辉。

不知春去几多，试问陌头杨柳；
欲探秋来消息，请看井上梧桐。

后来，这种活动便很多了。如1908年上海丽则吟社的"国魂"嵌字征联，1909年香港《中国日报》以及缅甸仰光《光华日报》的征联等，影响较大。

二、现代征联活动例析

迎春征联活动，几乎处处皆有，年年都有。这个活动不但活跃了大家的文化生活，也给对联爱好者、文化人提供了一个学习写对联的机会。现在举办的商业类、文化类、纪念类的征联活动越来越多，如各种冠名的商业征联、新建景区征联、公益活动征联、特殊纪念日征联，等等。

1.《羊城晚报》1981年迎春征联

改革开放后的1980年底，《羊城晚报》举办1981年（鸡年）迎春征联活动，共收到应征春联六万四千余副。一副生肖春联获一等奖，仅有八个字，但言简意赅，字字精粹：

闻鸡起舞；
跃马争春。

2.中央电视台1983年迎春征联

1983年春节前，中央电视台等四单位联合举办迎春征联活动，此联评为第一名：

十里春风，长安两路；

千年晓月，永定一桥。

上联化用杜牧《赠别》诗："春风十里扬州路。"说春风吹遍十里长街，车水马龙，一片繁华兴旺的景象。"长安两路"即北京天安门前的东西长安两街。下联化用金章宗年间就被列为"燕京八景"之一的"卢沟晓月"，说溶溶晓月，照临千年古桥——横跨在永定河上的卢沟桥。

联语选取北京富有历史意义的景物，突出首都的繁荣、安定，足见作者匠心。"十里"对"千年"，"春风"对"晓月"，"长安"对"永定"，"两路"对"一桥"，工稳贴切，且意味深长。

3.庆祝香港回归楹联大奖赛

1997年由我策划并出资，与中央人民广播电台、北京晚报社、中国楹联学会共同举办的庆祝香港回归的全球性征联大奖赛，收到联稿近十万副。盛大的颁奖大会在北京长安大戏院举行，中央人民广播电台向全球现场直播。

4.纪念抗日战争胜利七十周年楹联大奖赛

2014年9月3日，由我策划、主持的"客天下杯"纪念抗日战争胜利七十周年楹联大奖赛，与中国人民抗日战争纪念馆、中国楹联学会等单位联合主办，在人民大会堂举行新闻发布会，向全球华人发出征联。比赛分长联、短联两组，历时一年。大奖赛收到来自全球八个国家和地区的联稿六万余副，评出金奖短联：

化碧三千万；
啼红七十年。

金奖长联：

凤箫祝太平，愿万里蓝天，长飞鸽哨；
虎旅防魑魅，教九州大地，不起狼烟。

获金奖的短联上联的"化碧"，典出《庄子·外物》："人主莫不欲其臣忠，而忠未必信，故伍员流于江，苌弘死于蜀，藏其血三年而化为碧。"中国以三千万军民的鲜血，通过艰苦卓绝的奋战，终于打败了日本鬼子。下联化用白居易《琵琶行》"杜鹃啼血猿哀鸣"的诗句，以及成语"望帝啼鹃"，比喻中国人民在抗日战争胜利七十周年时，纪念流血牺牲的中国军民。此联为正格对联，上联"碧"对下联"红"，均为颜色对；"三千万"对"七十年"，为数量词相对。上下联平仄调和，对仗工稳，词性结构相同。

获金奖的长联也是正对对联，结构工稳、对仗工整，平仄音律和谐。

两岸书法家书写了五十多副优秀获奖作品，并装裱成轴。2015年9月3日，我们在南京的侵华日军南京大屠杀遇难同胞纪念馆举行了颁奖仪式以及获奖作品书法展开幕式。联墨展出三十天，二百多万人参观了展览。展出结束后，这些联墨分别捐赠给中国人民抗日战争纪念馆、中国人民革命军事博物馆、侵华日军南京大屠杀遇难同胞纪念馆等单位，作为文物收藏。

5. 香港"观塘艺术节"征联

征联活动不但内地盛行，港、澳、台等地也很流行。

中国香港著名武侠小说作家梁羽生，在主持《大公报》的"联趣"专栏期间，担任香港"观塘艺术节"征联活动的评委。他说，有关"香港是文化的沙漠"的言论，是否真的如此，姑且不论，只就对联来说，香港的水平是不低的。非但不是沙漠，可说是"花果满园"。"观塘艺术节"设有征诗、征文、征联活动，评委一致认为，征联的水平最高，诗次之，文又次之。香港、台湾地区的联家，喜以"藏头格"嵌名撰联。

获得冠军的对联：

观无尽，大厦连绵，喜善政爱民，万家蒙荫；
塘有源，长江浩瀚，感良工泽世，一地沾光。

评委之一的时任香港中文大学文学院院长李棪教授，欣赏"观无尽"三个领字,认为用此三字带领全联,气魄宏大;用来与"塘有源"相对,更是浑成可喜。"长江"的"长",在这里是用作形容词,并非实指中国的长江。

获得亚军的是:

观海观山,趁良辰读书评诗,赏联顾曲;
塘南塘北,看胜地飞桥卧隧,辟土开村。

此联以文采取胜,写得非常潇洒,字面也对得很工整。"观海观山"与"塘南塘北"、"读书评诗"与"飞桥卧隧",都是联中自对。

以此两副获奖联来看,香港的对联水平确实不比内地低。

三、征联注意事项

是征联活动把我引入联坛的,从此与对联结下了不解之缘。早先我仿照民国期间"三星牌"白兰地酒的征联广告,为宣传我糕点公司的月饼,举办了"芸香杯"中秋征联活动。退出商场,又为客天下旅游产业园等企业,策划、主持并承办了十多届"梅州杯""客天下杯"等对联征集大奖赛。

不夸张地说,我是目前全国策划、主持、承办过次数最多和规模最大的征联活动的人。"芸香杯"中秋征联,至今已举办了十八届,是国内延续时间最久的征联活动。1997年的庆祝香港回归楹联大奖赛、2015年的纪念抗日战争胜利七十周年楹联大奖赛,是此类活动中规模最大、影响深远的征联比赛。我主办的迎春征联大奖赛,获奖春联连续十年上了《人民日报》。2014年1月22日习近平总书记在人民大会堂同党外人士共迎新春时,念了报纸上刊登的两副春联送给大家:一副是"骏马追风扬气魄;寒梅傲雪见精神",另一副是"昂首扬鬃,骏马舞东风,追求梦想;斗寒傲雪,红梅开大地,实现复兴"。这两副春联是梅州"客天下杯"楹联大奖赛的优秀作品,刊登于2014年1月18日《人民日报》副刊。

参加征联活动,对于对联爱好者来说,是一个很好的学习机会。征联活动五花八门,但形式不外乎两种:一个是出句求偶,二是征集自撰联。作为活动的主办方、应征者,有些问题必须事先注意。

(一)主办方征联设计注意事项

1.如果是出句求偶,出句一定要符合对联规则,写明应征联要求的所有条件。

2.征集自撰联,最好不要超过三个分句、十九言的长联。创作长联难度大,评审也较困难。

3.初选阶段,应该有一位楹联行家参与。评委要有一定水平,一定要保证公平公正。

（二）应征者注意事项

1.清楚此活动是征对句（征上联或下联），还是征自撰联。

2.了解应征联稿的要求，包括内容、字数、分句等。

3.清楚投稿时间、截稿时间、投稿方式、署名方式。

4.根据征联方的要求，认真创作，应特别注意的是：应征联稿要有新的立意，以吸引评委关注。

5.如果应征稿用了生字、僻典，最好注明出处，注释音义。

6.古今四声绝对不能混用。

7.如果应征的是春联，还要注意：一定要把饱含春意、迎春纳福、吉祥平安的喜气放在第一位。虽然提倡"时事"入联，但不能把春联写成标语口号。

有关春联的写作，在前面"佳节时令联"一节已介绍过，这里就不再叙述了。

第五章　对联的载体与书法

第一节　春联的载体、书写与张贴

一、春联的载体

春联是粗放型的文化艺术品，雅俗共赏。传统的民间春联，应该是红纸写黑字。讲究的则用瓦当红宣纸，上印龙凤、麒麟或金鱼等金色线条的吉祥图案花纹的春联专用纸。

1977年，我首先"发明"了用虫胶漆调铜金粉写金字对联，即写即干，那时是很新奇的，很畅销。现在才知道，红底或黑底的金字对联，自古至今都是佛道寺观、庵堂里专用的载体，民间人家贴金字春联是不妥当的。但现在流行开了，大家都贪图好看，用红纸写金字对联。市场上出售的，也有不少印得色彩美艳的金字对联，这就算是春联的"改革开放"吧！但是，对联书写，一定要遵守章法。对联是老祖宗留传给我们的优秀传统文化，就不能乱来了。

二、春联的书写

春联基本都是短联，是贴在门上给大家看的，要使人一看就知道你写的是什么，说的是什么。所以，春联的书法，一般要用正楷书写，但也可写大家都能看得懂的行书、隶书。写篆书、草书就不行，为什么？因为篆书、草书一般人看不懂，那是文人墨客挂在书房、客厅里自我欣赏的作品。

替人家挥毫泼墨写春联，是好事。字写得好固然应该称道，但写得差点也无妨，只要不写错别字就行。最重要的是，你要知道所写对联的内涵，须要牢记一条：对联虽然不是你创作的，但内容有问题，书写者是要承担责任的！千万不要把内容错误或不该使用的对联，乱写给人家。

传统经典春联是可以写的，但是，千万不能把一些旧社会特殊的行业春联写给人家。例如前面说的，有些书法家春节前免费给群众写春联，竟把"门迎春夏秋冬福；户纳东西南北财"这副旧时青楼专用的春联，写了送给人家。这副春联甚至还有印刷品在市面上出售，真是不可思议。

春联的横批要从右往左书写。但是，现在很多人从左往右写横批，张贴对联又右上左下，这样就不伦不类了。甚至，楹联学会的个别领导说，春联从左往右、从右往左均可，这显然误导了非物质文化遗产的传承，是很不应该的。

现在推行规范汉字，所以写春联最好用规范的简化字，尤其不要繁、简混用。

错误书写的横批

图中的对联是贴对了，但横批由左往右书写，是错误的。有人说，现在书籍不是横排的吗？由左至右呀。但楹联是国家非物质文化遗产，应按照传统文化规范来做，所以应由右往左书写。只有在单贴横批不贴对联时，才可以从左往右书写。

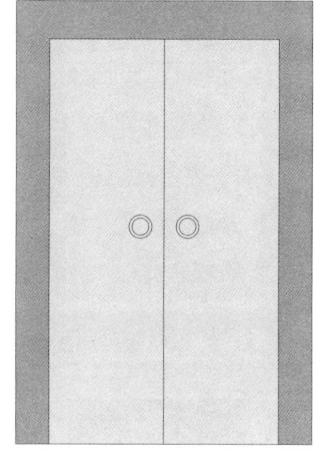

错误书写、张贴的横批和对联

图中对联的张贴方式和横批的书写方式都是错误的。对联的张贴应该由右至左,横批应从右往左书写。

三、春联的张贴

"楹联习俗"是国家级的非物质文化遗产,张贴春联也是不能随便的,应遵循传统要求。现在把春联贴反的现象很多,所以特别提醒大家:所有春联(对联)的尾字,上联为仄声,下联为平声。

对联正确的贴法:面对贴对联的地方(或门),右手边贴上联,左手边贴下联。

把春联贴反了是犯忌的,过年喜气洋洋,千万别犯忌!

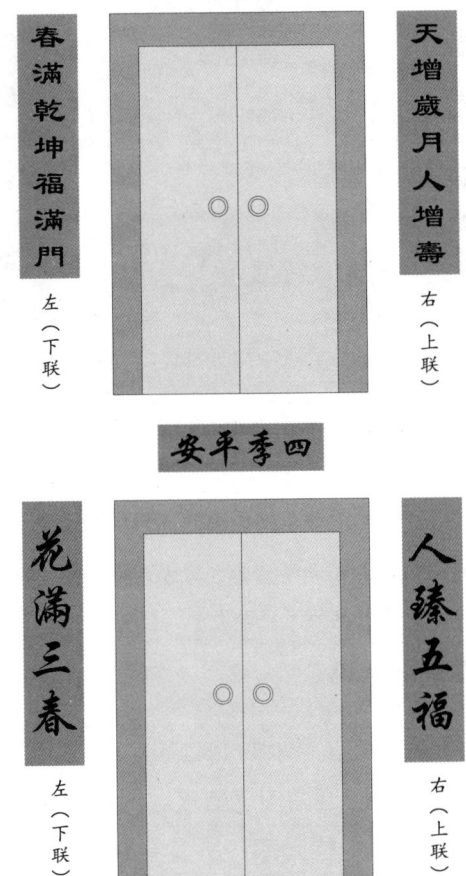

正确书写、张贴的横批和对联

面对贴对联的墙和门,右手边即是右边,贴上联;左手边是左边,应贴下联。横批有二字、三字、四字的,都应从右边写至左边。

第二节　对联的书写与题款、钤印

一、对联的书写格式

对联种类多样，但无论哪种对联，都必须按照传统要求来书写、张贴、悬挂。对联通常有如下三种写法：

1.常规写法

门联和堂联一般是短联，祠堂的栋对、檐联、戏台联是中联，短联和中联一行可以写完的，就从头写至脚。赠贺联要落款、钤印（盖章）的，上联右边从第二字起写小字，题受赠贺人与事由，上面钤闲章；下联左边从下半部

励志联

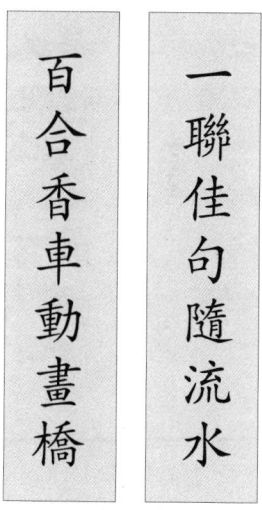

贺婚联

三分之二处起，写小字题撰书者并钤印。

落款闲章最好与联语有关，名章之字稍小于跋文。朱文、白文各一个为宜。

2.龙门对

赠贺或其他装饰性的对联，要落款或题跋的中、长联，须分为两行或两行以上书写。上联从右排至左写，先要计算好文字，最后一行文字少一些，下面留出小字落款的位置，并适当留白；下联则从左排至右写，文字排列与上联相对应，最后一行下面，留空落款写小字，并钤印。这种写法，看上去如同门的形状，称为"龙门对"，是传

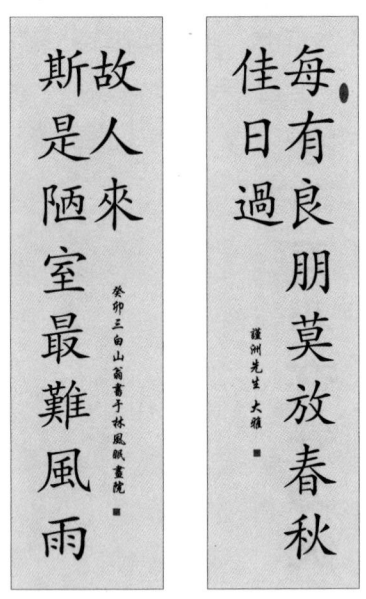

龙门对

统对联最美观的书写方法。

3. 琴对

这种对联，一般都是五言以内的短联。写法是将联文写在上边，上下联的下边落款并钤印。与龙门对一样，琴对多半是文人墨客的赠贺对联，挂在厅堂或书房，作为装饰。书法篆、隶、行、草都行，随各人喜好。

琴对

有一种对联的写法是错误的，即写成"刀字联"或"刀币联"，看上去犹如双"刀"，很不吉利。一种是一行书写的中、短联，落款、题跋全都在左边或全都在右边；另一种是分两行书写的中、长联，一短一长的两行，无论上下联

错误的刀币联

都从右写至左，落款、题跋都在左边。特别是喜联、寿联、赠贺联，严禁写成刀币联。任何类型的对联，这种写法都是错误的。

传统对联的书写，是不断句、不加标点的。有些长联，一下子看不懂，写法是否可以改革一下？比如，在需要断句的地方留空半个字位，或在对联字的右侧边加上标点，以方便大家阅读。

二、对联的落款与钤印

对联落款，使人一看便知是谁的书法，赠贺人和受赠人是什么关系，书写的时间、地点等。落款一般用正楷或行楷，可与对联不同，字的大小要根据正文的大小来定。

上联用书者的斋号或与内容有关联的闲章。下联用名章，如撰联者和书写者不是同一人，可一人用一名章；如撰者、书者为同一人，最好用一阴一阳、一大一小两章。落款及钤印也属楹联中的一种艺术，万勿滥用。

三、对联的镌刻与张挂

一般姓氏祠堂的堂号匾额、龛联和栋对，传统的都是浮起来的阳刻，匾额文字也由右写至左。名人纪念祠的实额，如果不配楹联，文字可从左写至右；要是匾额配楹联的话，那就一定要从右写至左了。至于文字是木刻或石雕，阴文或阳文，并无规定。

传统对联的张挂，上下联都是从右到左，横批也是从右往左。中堂画配对联，画居中，对联一样由右至左张挂。

四、对联书法与文化底蕴

历代著名的书法家，不但字写得很好，而且大都是诗人、楹联家，甚至是大学者或大文豪，文化底蕴深厚。但是今天，很大一部分所谓的"书法家"，平时只知道练习书法，没有什么文化底蕴，尤其是缺少诗联文化的底蕴。请他写字，只要给钱，什么都敢写！甚至有的"书法家"，自己都没弄明白，就办什么"书法培训班"，教孩子们学书法，这不是误人子弟吗？像唐朝的王维，很多人只知道他是大诗人，却不知他是山水画南宗的"鼻祖"；只知道苏东坡是大诗人、词人，要知道他的书法自成一家，与黄庭坚、米芾、蔡襄并称"宋四家"；王羲之呢，大家只知临他的字帖，但那一篇《兰亭集序》却是流芳百世的美文。秦丹的《以画证道》中有一句话说得多好："没有文化气息的书画，是废纸一张。"

学书法固然好，但是，学书法首先必须学点传统文化。特别是各级书法家协会，在吸收会员时，必须有传统文化考核一门。真的，有的书协会员，只是字写得好，没有一点传统文化底蕴，出尽洋相。还有一些书法团体，春节前为百姓免费"挥春送福"，这本是好事，但把不能用的春联写给人家，岂不是笑话！

我爱古典文学，尤其爱诗词楹联。

可怜幼时家贫，上学很少。十五岁便失学，回家放牛，并当了半年挑夫。在三年困难时期，当挑夫不但辛苦，更是饥肠辘辘。当年是"五类分子"家庭，无缘参加其他活动，为了生计，便自学木刻、油画手艺，给人雕花画眠床，一干就是二十多年！回首往事，乃是不幸中的"幸事"！何幸之有？彼时白天要挣钱糊口，晚上孤独无聊，有博览群书的大量时间，故而才有今日！

"文革"结束，尚未改革开放。因为穷怕了，朝思暮想如何才能发财，因此"误入"商门。原以为可在商门大展拳脚，岂料性非商贾，在商场里差点败走麦城。回首一生，换了不少职业，唯独未曾想过，最终会与写作、美术、诗词楹联结下不解之缘！

因为画画与创作诗联，认识许多文化名流、诗联大家，如张中行、赵朴初、吴小如、范曾、黄永玉、朱家溍、史树青、启功、沈鹏、程毅中、白化文、马萧萧、谷向阳、常江、王翼奇，等等。还结识了中国楹联学会创始人和历任的会长、海内外众多联家！

认识他们，亦师亦友，最高兴的还是，他们"有油可揩"！近来因为还有更重要的事要做，且年将杖朝，欲暂时离开楹联。但已经把对联作为半个事业，应了出版社之约，只得再花几年的日日夜夜，把已出版的两本对联小书中没有讲到的写作技巧，加上从诸多联家和师友处"揩来的油"，整合在一起，写成这本《对联写作技巧》，完成了一桩心事。

楹联是中华民族优秀传统文化的重要组成部分，回望历史，多少文化名流、国学大师钟爱诗词楹联，创作不辍，为后人留下了一份珍贵的文化遗产。特别是有清一代，楹联家和唐代诗人一样，多如天上的星星。这是中华文化的根和魂啊！

惭愧啊！现在很多所谓的"文学家""作家"，充其量只能算是"文化掮客"。在这里，我恳切希望我们的领导、文史学家、作家们，不要再空喊口号，不要把传统文化作为谋取名利的敲门砖，要采取措施，真正把传统民族文化的传承工作落到实处。

本书从初稿至改定，足足花了两年多的时间。原来计划写一部长篇小说的，皆为本书"耽误"了。可是，我并不后悔，弘扬中华民族传统文化，一直是我最大的心愿！

        陈 平
      壬寅年秋月初稿
    癸卯年夏月改定于三白书屋

参考文献

白化文著，《闲谈写对联》，北京：中华书局，2006年第1版。

常江著，《对联知识手册》，北京：中国青年出版社，1990年第1版。

陈从周著，《梓翁说园》，北京：北京出版社，2016年第1版。

陈平著，《对联写作入门》，北京：商务印书馆，2021年第1版。

陈平编著，《楹联文化小识》（修订本），桂林：广西师范大学出版社，2016年第2版。

陈平编著，《黄遵宪诗词楹联赏析》，桂林：广西师范大学出版社，2021年第1版。

陈平主编，《中国客家对联大典》（上、下卷），桂林：广西师范大学出版社，2015年第1版。

陈平主编，《中国客家对联大典》（三、四卷），北京：中华书局，2019年第1版。

陈平主编，《中国客家姓氏祠堂楹联》，北京：商务印书馆，2017年第1版。

陈平主编，《客天下楹联集锦》，北京：中华书局，2018年第1版。

陈平、曹杜荣校点，《梅州历代名联辑注》，北京：中华书局，2016年第1版。

陈平、曹杜荣编著，《梅州历代名联辑注（续集）》，北京：中华书局，2018年第1版。

〔明〕程登吉著，梁莹译，《幼学琼林》，北京：北京联合出版公司，2015年第1版。

辞海编辑委员会编，《辞海》，上海：上海辞书出版社，1979年第1版。

邓洪波编著，《中国书院楹联》，长沙：湖南大学出版社，1999年第1版。

〔清〕戈载等著，《佩文诗韵 词林正韵》，上海：上海古籍出版社，2011年第1版。

谷向阳著，《中国楹联学概论》，北京：昆仑出版社，2007年第1版。

谷向阳著，《谷向阳联稿》，香港：中国诗词楹联出版社，2016年第1版。

谷向阳主编，《中国对联大典》，北京：学苑出版社，1998年第1版。

谷向阳等编，《中国唐诗联集成》，长春：北方妇女儿童出版社，1990年第1版。

谷向阳、刘太品编著，《对联入门》，北京：中华书局，2007年第1版。

顾平旦、常江、曾保泉主编，《中国对联大辞典》，北京：中国友谊出版公司，1991年第1版。

郭汉城主编，《中国十大古典悲喜剧集》，上海：上海文艺出版社，1989年第1版。

何洪江编著，《对偶成语词典》，上海：上海辞书出版社，2012年第1版。

何九盈、王宁、董琨主编，《辞源》（第三版），北京：商务印书馆，2015年第1版。

黄荣章编，《古今楹联拾趣》，广州：花城出版社，1982年第1版。

〔汉〕焦延寿撰，徐传武、胡真校点集注，《易林汇校集注》，上海：上海古籍出版社，2012年第1版。

金实秋编，《联苑佛光》，新北：台湾佛光文化事业有限公司，2010年第1版。

金铁庵著，乔继堂编，《作诗、填词、撰联百日通》，上海：上海科学技术文献出版社，2009年第1版。

孔庆东主编，《千古诗词楹联》，长春：吉林出版集团，2018年第1版。

雷瑨撰，《楹联新话（三种）》，上海：上海科学技术文献出版社，2021年第1版。

〔宋〕李昉等编，《太平广记》，上海：上海古籍出版社，1990年第1版。

李家陞编，《实用楹联大观》（1—6册），上海：世界书局，1930年第4版。

李谋、马杰、陈顺昌主编，《古今最佳对联大全》，北京：中国经济出版社，1991年第1版。

李文郑编著，《中华姓氏对联鉴赏》，郑州：中州古籍出版社，1999年第1版。

李文郑主编，《新编十二生肖春联》，郑州：中州古籍出版社，2013年第1版。

梁申威主编,《民国名联》,太原:山西古籍出版社,2003年第1版。

梁申威、王亚东编著,《节令生日雅趣》,太原:希望出版社,2006年第1版。

梁申威、王亚东编著,《考试对课奇趣》,太原:希望出版社,2006年第1版。

梁石编著,《十二生肖春联大观》,北京:农村读物出版社,2000年第1版。

梁石、孟庆志等编著,《中国古今实用对联大全》,北京:中国文联出版公司,1988年第1版。

梁羽生著,《古今名联谈趣》,北京:作家出版社,1986年第1版。

梁羽生著,《名联观止》(增订版),香港:天地图书公司,2009年第1版。

梁羽生编著,《名联谈趣》,上海:上海古籍出版社,1993年第1版。

〔清〕梁章钜、梁恭辰编撰,《巧对录》,长沙:岳麓书社,1991年第1版。

〔清〕梁章钜等撰,白化文、李鼎霞校点,《楹联丛话(附新语)》,北京:中华书局,1987年第1版。

〔清〕梁章钜辑,王承略、布吉帅点校,《楹联丛话 楹联续话》,南京:凤凰出版社,2016年第1版。

刘太品著,《古今对联趣话》,北京:西苑出版社,2003年第1版。

刘太品编著,《中华春联实用手册》,北京:中华书局,2010年第1版。

刘太品主编,《楹联丛编》,香港:诗联文化出版社,2009年第1版。

〔梁〕刘勰著，王志彬译注，《文心雕龙》，北京：中华书局，1977年第1版。

〔南朝宋〕刘义庆著，〔南朝梁〕刘孝标注，余嘉锡笺疏，《世说新语笺疏》，北京：中华书局，2011年第1版。

刘永清编著，《析字对联赏析》，北京：金盾出版社，2008年第1版。

刘越峰著，《庆历学术与欧阳修散文》，北京：商务印书馆，2013年第1版。

陆家骥编著，《对联新语》，台北：台湾商务印书馆，1978年第1版。

蒙智扉、黄太茂编著，《中华对联学》，桂林：广西师范大学出版社，2016年第1版。

孟繁锦主编，《楹联名家研究文集》，香港：中国诗词楹联出版社，2013年第1版。

民俗文化组编，《新编老黄历》，北京：中国民族摄影艺术出版社，2002年第1版。

启功著，《诗文声律论稿》，北京：中华书局，1977年第1版。

荣斌主编，《中国名联辞典》，济南：山东大学出版社，1990年第1版。

商务印书馆辞书研究中心编，《新华成语大词典》，北京：商务印书馆，2013年第1版。

〔清〕舒梦兰著，《白香词谱》，上海：上海古籍出版社，2011年第1版。

苏民生、常江等编著，《台湾风景名胜对联大观》，北京：金盾出版社，2004年第1版。

苏渊雷主编，《绝妙好联赏析辞典》，上海：上海辞书出版社，1994

年第1版。

谭晓明编著,《楹联大全》,北京:民主与建设出版社,2013年第1版。

〔清〕汤文璐编,《诗韵合璧》,上海:上海书店出版社,1982年第1版。

唐棣华编著,《中国名胜楹联评注》,北京:北京师范大学出版社,2003年第1版。

唐子畏著,《古今名联点评》,长沙:湖南人民出版社,2006年第1版。

〔清〕万树编著,《词律》,上海:上海古籍出版社,1984年第1版。

王力著,《汉语诗律学》,上海:上海教育出版社,2002年第1版。

王力著,《诗经韵读 楚辞韵读》,北京:中华书局,2014年第1版。

王力著,《诗词格律十讲》,北京:中华书局,2014年第1版。

王庆新编著,《婚恋趣联佳话》,北京:金盾出版社,2009年第1版。

〔元〕王实甫著,张燕瑾、弥松颐校注,《西厢记新注》,南昌:江西人民出版社,1980年第1版。

吴恭亨著,喻岳衡点校,《对联话·悔晦堂对联》,长沙:岳麓书社,1984年第1版。

〔明〕萧良有著,《龙文鞭影》,北京:北京联合出版公司,2015年第1版。

〔南朝梁〕萧统编,〔唐〕李善注,《文选注》,北京:中华书局,1977年第1版。

萧望卿、无官等编著,《古今名胜对联选注》,北京:北京出版社,1983年第1版。

谢雍君著,《牡丹亭与明清女性情感教育》,北京:中华书局,2008

年第1版。

〔清〕杏芬辑,《京师地名对》,北京:清光绪庚子春三月刻本。

徐超著,《对联艺术》,北京:中华书局,2014年第1版。

〔唐〕徐坚等著,《初学记》,北京:中华书局,1962年第1版。

于智荣著,《对联写作与考试》,长春:吉林文史出版社,2010年第1版。

余德泉著,《对联通》,长沙:湖南大学出版社,1998年第1版。

余德泉编注,《天下名联》,贵阳:贵州人民出版社,1995年第1版。

余德泉编著,《对联格律 对联谱》,长沙:岳麓书社,2000年第1版。

张伯驹编著,《素月楼联语》,上海:上海古籍出版社,1991年第1版。

张梦新、张进编著,《古今对联集粹》,杭州:西泠印社出版社,2008年第1版。

张琼编著,《梁启超传》,北京:北京联合出版公司,2013年第1版。

张婉商主编,《中华对联大全》,长春:吉林出版集团,2011年第1版。

张翔鹰、张翔麟主编,《中国对联故事集成》,北京:线装书局,2005年第1版。

张中行著,《诗词读写丛话》,北京:中华书局,2009年第1版。

〔五代后蜀〕赵崇祚辑,《花间集》,杭州:浙江古籍出版社,2013年第1版。

郑嘉善编著,《巧联妙对》,台北:台湾星光出版社,2002年第2版。

周靖冬编,《成语对仗词典》,北京:北京师范大学出版社,2008年第1版。

附 录

一、精选北京地名对

1. 天地寺庙类

    天喜庙 对 地安门

    白云寺 对 绛雪斋

    香露寺 对 正阳门

    天齐庙 对 地藏庵

    欢喜地 对 色空天

2. 天文时令类

    甘雨 对 朝阳

    雹子 对 云儿

    烟阁 对 月墙

    甘露寺 对 太阳宫

    秋香馆 对 春耦斋

    澄秋阁 对 畅春园

    白云观 对 碧霞洞

3. 地理宫室类

水宝 对 沙滩
海淀 对 江亭
闯道 对 穿堂
高丽馆 对 昆明湖
绵山寺 对 苏州街
香山寺 对 臭水河
台基厂 对 街道厅
三元井 对 万寿街
一得阁 对 三希堂
甜水井苦水井 对 大石桥小石桥

4. 人伦类

秀女 对 愚儿
五老 对 千儿
丞相 对 秀才
王府井 对 祖家街
四王府 对 三友轩
规子庙 对 望儿楼
王公厂 对 校尉营
圣母庙 对 皇姑园
佑圣寺 对 居贤坊
忠臣庙 对 大军仓

5.性情人事类

安福 对 吉祥
安乐 对 太平
同文馆 对 宣武门
永光寺 对 灵佑宫
广惠寺 对 同仁堂
仁威观 对 雍和宫
性音塔 对 功德林
武备院 对 文明河

6.身体类

干面 对 臭皮
翅膀 对 心尖
蓝面 对 黄皮
四眼井 对 六角亭
养心殿 对 丫髻山
窝心馆 对 门头村
灯市口 对 歌筵头

7.古迹类

阮府 对 施家
肃府 对 查楼
牛排子 对 马状元

　　　　佑圣寺　对　先农坛
　　　　天师府　对　海王村
　　　　王府井　对　赵家楼
　　　　张相公庙　对　石驸马街
　　　　李皇亲夹道　对　王寡妇斜街

8. 神仙佛道类
　　　　老君庙　对　圣母祠
　　　　三清殿　对　五圣祠
　　　　风神庙　对　雷公桥
　　　　城隍庙　对　土地祠
　　　　弥陀寺　对　维摩庵
　　　　大佛寺　对　老君堂
　　　　怡神殿　对　念佛桥
　　　　关帝庙　对　吕公堂
　　　　神仙洞　对　罗汉堂

9. 禾稼蔬果草木类
　　　　茶叶　对　花枝
　　　　米市　对　槐街
　　　　韭菜　对　桃条
　　　　柴市　对　草桥
　　　　黄米　对　紫花

　　　　草厂　对　花厅
　　　　椿树　对　棉花
　　　　双松寺　对　五柳居
　　　　紫竹院　对　青梅居
　　　　竹林寺　对　菜市街

10.鸟兽昆虫类
　　　　马市　对　牛街
　　　　羊圈　对　鹿园
　　　　豹子　对　猴儿
　　　　鸟市　对　虹桥
　　　　鱼眼　对　象牙
　　　　鲜鱼巷　对　老虎岗
　　　　鹦鹉石　对　凤凰门
　　　　龙泉寺　对　虎坊桥
　　　　龙光殿　对　凤彩门
　　　　蝎子庙　对　牛郎山
　　　　羊坊店　对　马市桥
　　　　铁老鹳庙　对　石驸马街

11.服饰用物类
　　　　冰盏　对　烟筒
　　　　草帽　对　蓑衣

　　　　绒线　对　胭脂
　　　　裤子　对　钩儿
　　　　马勺　对　羊床
　　　　车辇店　对　棋盘街
　　　　方巾巷　对　裂帛湖
　　　　锣鼓巷　对　褡裢坡

12. 珍宝类

　　　　玉带　对　铜钟
　　　　石虎　对　银狮
　　　　石雀　对　金鱼
　　　　铁厂　对　金台
　　　　小金厂　对　大铜山
　　　　玉虚观　对　金城坊
　　　　销金厂　对　积水潭
　　　　金山寺　对　玉河桥
　　　　磨盘大院　对　烟袋斜街

13. 饮食类

　　　　烧酒　对　姜茶
　　　　米市　对　油房
　　　　茶叶　对　麻花
　　　　熟肉　对　灌肠

擀面杖 对 大烟筒
白米寺 对 黄花门
豆腐巷 对 馒头村
浆民巷 对 酒仙桥

14. 方位词类

北海 对 西山
南苑 对 北山
后闸 对 前街
内务府 对 前锋营
关东店 对 陕西街
南泉寺 对 西苑门
长辛店 对 正乙祠
里馆外馆 对 前门后门
南柳巷北柳巷 对 东华门西华门
东荷芭巷西荷芭巷 对 南芦草园北芦草园

15. 颜色类

红井 对 白门
黑寺 对 黄村
白庙 对 红桥
紫竹院 对 青梅居
青草市 对 翠花街

碧云寺 对 绛雪斋
　　白马寺 对 青龙桥
　　红罗厂 对 白纸坊
　　白云寺 对 苍雪亭
　　青塔寺 对 翠峰山
　　紫光阁 对 绿意轩
　　红泉馆 对 白石桥
　前青厂后青厂 对 大红门小红门

16. 叠词类

　　娘娘庙 对 回回营
　　如如室 对 连连房
　　王妈妈井 对 刘娘娘坟

17. 数字类

　　三库 对 九门
　　五老 对 千儿
　　五闸 对 三山
　　八宝 对 千张
　　三元井 对 万寿街
　　百鸟市 对 五龙厅
　　三圣寺 对 六郎庄
　　什刹海 对 双泉山

万寿寺 对 双忠祠
五塔寺 对 三家村
千斯坝 对 六必居
四川馆 对 三里河

18.虚字类

千斯坝 对 六必居
花之寺 对 苍然亭
旷然阁 对 平则门
真如寺 对 般若庵
怵哉榭 对 旷然堂

19.干支类

乙阁 对 丁沽
甲库 对 午门
丁字库 对 未央宫
长辛店 对 正乙祠
丙字库 对 丁家池
寅宾里 对 丁字街
蝎子庙 对 鳅甲街

二、姓氏宗祠对联常用词语简释

【苞桑】亦作"包桑"。根深柢固的桑树,一说丛生的桑树。比喻根深柢固。

【碑铭】碑文和铭文,泛指所有刻在碑上的文字。

【鼻祖】始祖。

【彪炳】文采焕发;照耀。

【垂统】指封建帝王把事业传给后代。

【垂勋】祖先留存的功绩。

【垂裕】为后人留下业绩或名声。

【春祀】春祭,古代宗庙四时祭之一。

【纯嘏】大福。

【祠联】祠堂里的楹联。分门联、堂联、栋对、龛联等。

【典则】制度,准则。多用以表示有典有则(有制度可遵守,有准则可照行)。

【栋对】祠堂大梁两侧张贴的楹联。

【敦睦】敦厚和睦。

【敦训】督促,教诲。

【耳孙】仍孙,一说为玄孙之子或玄孙之曾孙。泛指远孙。

【法冠】指古代执法者戴的獬豸冠。后也用以指执法者。

【繁衍】繁殖兴盛；繁盛众多。

【范式】值得学习的楷模、榜样。

【服畴】指从事耕作。

【葛藟】葛藤。长而不绝，能蔽其本根，比喻能照顾族亲。

【公族】诸侯的子孙。

【菰饭】用菰米煮的饭，可食。

【冠裳】古代官吏的服饰，代称官吏。

【光前】光耀前人。

【龟鉴】龟：龟卜；鉴：镜子。比喻借鉴。

【涵濡】滋润；浸润。

【翰苑】翰林院的别称。

【赫奕】显耀盛大的样子。

【鸿猷】伟大的功业。

【后昆】后嗣；子孙。

【后裔】后代子孙。

【华胄】华夏的后代，旧谓显贵者的后代。

【徽音】美好的声誉，常用于妇女。

【箕裘】比喻祖上的事业。

【继烈】继承前人的功业。

【继述】继承、宣扬前人的业绩。

【家庙】家族祭祀祖先的处所。

【家声】家族的声誉。

【椒聊】聊：语助词。因椒籽实繁衍，故比喻子孙众多。

【椒衍】比喻后裔像椒籽实一样，繁衍兴盛。

【克绳】能够继承先人业绩。

【焜耀】明亮的光辉照耀。

【兰孙】指优秀的后代。

【黎杖】黎：通"藜"。用藜的老茎制成的手杖。

【礼范】泛指社会规范、道德规范。

【力穑】穑：收获谷物，引申为农事。泛指竭力耕作。

【令绪】美善的事业。

【流徽】传承前人留下的美好的德行和业绩。

【卯金】即卯金刀，指刘姓。刘的繁体字"劉"析为卯、金、刀。

【懋功】伟大的功绩。

【苗裔】后代子孙。

【庙堂】太庙的明堂。古代帝王祭祀、议事的地方。

【名儒】有声誉的学者。

【明德】完美的德性；美好的品德。

【谟猷】谋略。

【攀辕】牵挽车辕，古代用为挽留贤明官吏之辞。

【丕基】丕：大。宏大的基业。

【丕振】丕：大。努力使祖先留下的业绩、德政发扬光大。

【貔貅】古籍中的猛兽名，比喻勇猛的军士。

【蒲鞭】蒲做的鞭子，以示刑罚宽仁。

【蒲化】典出东汉南阳太守刘宽。他对有过的吏人只用蒲鞭处罚，示辱而已。比喻用宽仁之政教育人、感化人。

【谱牒】古代记述氏族世系的书籍。

【前徽】前人的美德。

【前烈】前人的功业；先辈。

【前贤】前代贤人或名人。

【虔谒】虔诚地拜谒。

【衾影】"独立不惭影，独寝不愧衾"的缩语。谓即使只身自处，仍谨慎不苟。

【寝庙】古代的宗庙有庙和寝两部分，合称"寝庙"。

【庆衍】祝贺子孙众多，四海繁衍。

【秋尝】秋祭，古代宗庙四时祭之一。

【趋跄】谓行路快慢有节奏。

【瑞凝】吉祥集聚。

【社稷】古代帝王、诸侯所祭的土神和谷神。旧时用作国家的代称。

【神龛】供奉佛像或神像的石室或柜子。指祠堂内供奉本族祖先神牌的地方。

【慎独】在独处时也能谨慎不苟。

【绳继】指子子孙孙，世世代代，敬戒不怠，勤勤谨谨，将祖德、祖业传承下去。

【始祖】最初得姓的祖先，后称有世系可查的最早的祖先。

【世彩】世代引以为光荣,且世代相传的祖先的史迹、伟业。

【世德】世代相传的优良德行。

【世第】世代相传的显贵门第。

【世绪】世代相传的功业。

【世泽】先代给子孙的影响,主要指地位、权势、财产等。

【黍稷】黍和稷,我国古代两种主要粮食作物。代指粮食类祭品。

【庶几】差不多,近似;也许可以,表示希望或推测。

【堂号】祠堂的名称或称号,主要用于区别姓氏、宗族或家族。

【棠棣】《诗经》作"常棣",为《诗经·小雅》篇名,是劝诫兄弟团结友爱的诗作。后用"棠棣"比喻兄弟或兄弟亲情。

【统绪】泛指宗族系统,引申为世代相承,连绵不断。

【荼蓼】荼味苦,蓼味辛,比喻艰难困苦。

【妥侑】请诸神尸安坐,劝进饮食。

【望族】有声望的世家大族。

【遐裔】远世的子孙。

【显祖】谓有功业的祖先,后用作对祖先的美称。

【祥曜】预兆吉利的光芒照耀。

【孝悌】善事父母,顺从长上。

【馨香】指用作祭品的黍稷;也比喻可流传后代的好名声。

【姓氏】姓和氏的合称。古时姓起于女系,氏起于男系,后来姓氏合指姓。

【勋功】勋劳,功绩。

【燕贺】大厦成而燕雀相贺,后用以祝贺新居落成。泛指庆贺。

【燕翼】善为子孙计谋;辅佐。

【诒谋】为子孙妥善谋划,使子孙安乐无忧。

【遗范】祖先传给子孙的榜样。

【遗徽】祖先留下的享有盛誉的德行和功业。

【邑子】古代称国为邑,也指封地、采邑,泛指城镇、村落。同乡的人。

【奕祀】奕:重,累。指一代接一代地祭祀。

【翊赞】翊:辅助。赞:佐助。辅助;辅佐。

【裔荣】子孙繁荣昌盛;先祖光彩的业绩,子孙引以为荣耀。

【懿德】美德。

【懿范】美善的典范。旧多用为称美妇女之辞。

【楹柱】房屋内厅堂前、中、后部或两侧张贴或镌刻楹联的柱子,有木制或石柱。

【羽仪】旧时比喻有才德,被人尊重,可作为表率。

【玉牒】皇族的谱牒。

【玉树】称颂能光耀门庭的优秀子弟。

【浴德】谓沐浴于德,以德自清。

【裕后】遗惠后代,即为后代造福。

【远祖】高祖、曾祖以上的祖先。

【禴祠】夏祭叫禴,春祭叫祠,都是古时宗庙四时祭名。

【云仍】云孙和仍孙。古称从本身下算的第八代孙为仍孙、第九代孙为云孙。泛指远孙。

【簪缨】簪和缨,古时候达官贵人的冠饰,用来把冠固着在头上。后多指高官显贵。

【瞻依】原指人无不瞻仰其父取法则者、无不依恃其母以长大者。后也泛指所瞻仰、依恃之人。

【昭垂】指显扬、流传前贤的美德。

【昭穆】古代宗法制度,宗庙或宗庙中神主的排列次序,始祖庙居中,以下父子(祖、父)递为昭穆,左为昭,右为穆。死后的坟墓以及子孙在祭祀祖先时均按此种规定排列。后也泛指宗族的辈分。

【肇造】开始创建。

【折槛】典出汉朝朱云。后用为朝臣敢于直言之典。

【烝尝】秋祭叫尝,冬祭叫烝,都是古时宗庙四时祭名。

【豸服】指獬豸冠,古代执法官吏戴的帽子。后也用以指执法者。

【螽诜】"螽羽诜诜(螽斯的翅膀振得沙沙作响)"的

缩语。比喻夫妻和睦，子孙众多。

【螽斯】昆虫名，多用来比喻子孙众多，为祝颂之词。

【胄裔】后裔，后代。

【梓茂】泛指后代繁衍茂盛。

【宗祊】宗庙。

【宗祠】同族子孙供奉、祭祀祖先的处所。

【宗公】宗庙先公。

【宗功】祖先的功劳、功绩。

【宗亲】同宗的亲属。

【宗祧】祧：远祖之庙。原指宗庙，后也指家族相传的世系。

【宗支】宗族的支派，亦指同族关系。

【族则】宗族共同遵守的规章、准则。

【俎豆】俎和豆都是古代祭祀用器具，引申为祭祀、崇奉。

【祖德】祖先良好的道德、品行。

【祖考】已故的祖父；泛指远祖，祖先。

【缵绪】继承前人未竟的功业。

【纂牒】编纂谱籍。

【尊彝】尊和彝均为古酒器名，常连用。泛指祭祀的礼器。

【祚胤】福运延及子孙，后也指子孙。

【春露秋霜】旧谓子孙在春秋两季有感于时令而祭祀

祖先。后用以表示对先人的追思。也比喻恩泽和威严。

【服畴食德】"服先畴食旧德"的缩语。表示继承祖先遗存的业绩、享受祖先留传的恩德。

【克勤克俭】能够做到勤劳、节俭。

【兰桂联芳】兰桂：芝兰和丹桂，旧时用于比喻子侄辈。芝兰和丹桂一同散发芳香，比喻子孙兴旺发达。

【兰馨桂馥】像兰草、桂花那样芳香远播。常用于比喻美才盛德或君子贤人。

【麟趾振振】比喻子孙众多，部族昌盛。

【千秋俎豆】永久祭祀，香火不断，黍稷常新。

【人文蔚起】社会文化兴旺地发展起来。

【慎终追远】谨慎、庄重地办理父母丧事，虔诚地祭祀、追念远代祖先。

【式礼莫愆】使用的格式、举行的仪式，不要犯过错。

【黍香稷洁】黍、稷：古代两种主要粮食祭品。祭品贵重、干净，指子孙祭祖时庄重、虔诚。

【永绍箕裘】子孙永远继承祖先的事业。

【聿修厥德】聿：语助词。厥：代词，这里指自己的。指修养自身的德行。

【云蒸霞蔚】云气蒸腾，彩霞灿烂夺目。形容景象灿烂绚丽。

三、《佩文诗韵》常用字

（上平、下平声为平声，上、去、入声为仄声）

上平声（十五韵）

【上平一东】东同铜桐筒童僮瞳中衷忠虫冲终戎崇嵩弓躬宫融雄熊穹穷冯风枫丰沨充隆空公功工攻蒙笼聋珑洪红鸿虹丛翁葱聪通蓬篷烘潼艟匆峒讧忡崧侗窿朦昽芎绒

【上平二冬】冬农宗钟锺龙舂松容蓉庸封胸雍浓重从逢缝踪茸峰蜂锋烽蚣筇慵恭供琼淙侬茏凶佣溶秾共憧纵枞龚脓淞忪匈汹蚣榕彤

【上平三江】江扛杠邦缸降泷窗双庞腔幢撞橦桩逄舡

【上平四支】支枝移为垂吹陂碑奇宜仪皮儿离施知驰池规危夷师姿迟龟眉悲之芝时诗旗辞词期祠基疑姬丝司葵医帷思滋持随痴维麋麾弥慈遗肌脂雌披嬉尸狸炊篱兹差疲茨卑亏陲葵骑曦歧谁斯私窥熙欺疵答羁彝髭颐资糜饥锥姨楣祇湄伊追缁箕椎萎匙脾坻嶷治骊綦怡尼累饴而推璃祁绥逵咿羲蠃肢骐狮嗤咨堕其睢漓噫胝鳍蛇蜊淄筛厮氏祺嘻鹂瓷嵋怩熹孜魑纰丕琪惟提禧畸椅磁痿虽仔麒委崎隋犁琵秕贻锤

【上平五微】微薇晖徽挥韦围帏闱违霏菲妃绯飞扉非

肥腓威祈畿机几讥饥矶稀唏衣依沂巍希归溟痱

【上平六鱼】鱼渔初书舒居予车渠余誉舆胥锄疏蔬梳虚嘘徐闾庐驴诸除储如墟玙畲苴於茹蛆且沮祛淤妤雎躇趄屠据

【上平七虞】虞愚娱隅刍无芜巫于盂儒濡须株诛蛛殊铢瑜榆谀愉腴区驱躯朱珠趋扶符凫雏敷夫肤纤输枢俱驹模蒲胡湖瑚乎壶狐弧孤辜姑觚徒途荼图屠奴呼吾梧吴租粗卢炉苏酥乌枯都铺禺诬竽吁瞿需俞殳逾觎揄孚臾渝岖镂娄苻俘迂姝拘糊鹕鸪沽呱蛄驽孥毋荑颅洙芋喻侏葫

【上平八齐】齐脐黎藜梨蠡鹨妻萋低题提荑啼蹄篦陛鸡稽兮奚蹊霓猊西栖犀嘶撕梯跻迷泥溪圭闺暌奎凄

【上平九佳】佳街鞋牌柴钗差崖涯阶偕谐骸排乖怀淮豺埋霾斋蜗娃哇皆揩蛙楷槐鲑俳

【上平十灰】灰回恢魁徊槐枚梅媒煤瑰雷罍催摧堆陪杯醅嵬推开哀埃台苔该才材财裁来莱栽哉灾猜胎腮孩洄崔裴培坏垓皑诙桅唉颏傀

【上平十一真】真因茵辛新薪晨辰臣人巾仁神亲申伸绅身宾滨邻鳞麟珍尘陈春津秦困频蘋颦银垠筠民贫淳醇纯唇伦纶轮沦匀旬巡钧驯均臻榛姻宸寅遵循瞋甄岷谆椿询恂峋屯呻磷濒闽逡洵湮荀娠纫抡斌

【上平十二文】文闻纹蚊云分氛纷芬焚坟群裙君军勤斤筋勋薰醺荤耘芸汾欣芹殷昕纭龈雯

【上平十三元】元原源园辕垣烦繁蕃樊翻萱喧暄言轩

藩魂浑温孙门尊存蹲敦墩屯豚村盆奔论坤昏婚痕根恩吞沅媛援爰番反鸳宛掀昆琨扪荪惇跟袁暖蜿饨臀喷

【上平十四寒】寒韩翰丹殚安鞍难餐滩檀弹单残干肝竿阑栏澜兰看刊丸桓纨端湍酸团抟攒官观冠鸾銮栾峦欢宽盘蟠汗郸叹摊姗珊剜棺钻磐瘢谩瞒潘跚胖拦完莞拌伫

【上平十五删】删关弯湾还环鬟寰班斑颁蛮颜奸攀顽山鳏间艰闲娴悭孱潺殷斒纶扳

下平声（十五韵）

【下平一先】先前千阡笺天坚肩贤弦烟燕莲怜田填钿年颠巅癫牵妍研眠渊涓边编玄悬泉迁仙鲜钱煎然燃延筵毡膻禅蝉缠连联涟篇偏便绵全筌川穿宣专圆员乾虔骞权拳椽传焉毡溅舷咽零阗骈鹃翩扁沿还诠痊悛荃遄卷颧髯挛戋佃滇胼蜓涟扇旋璇蜷棉

【下平二萧】萧箫刁幺条佻挑貂凋雕迢髫跳苕调枭浇聊辽寥撩僚尧宵消霄绡销超朝潮嚣樵骄娇焦蕉椒饶烧烧遥姚摇谣徭韶昭招标镖瓢苗描猫要腰邀乔桥侨妖夭漂飘翘侥娆陶硚潇骁硝蛸魈钊剽

【下平三肴】肴爻交巢郊茅嘲钞抄包胶苞梢蛟坳敲胞抛鲛庖炮哮咬捎茭淆蛸泡跑咬教咆鞘抓姣

【下平四豪】豪毫操绦髦刀萄褒桃漕糟袍挠蒿涛号陶翱敖曹遭羔糕高嘈搔毛滔骚韬膏牢醪逃槽濠壕劳叨饕熬臊涝弢淘罥捞遨

【下平五歌】歌多罗河戈阿和波科柯陀娥蛾鹅箩荷何过磨螺禾窠哥娑驼佗沱鼍峨那苛珂轲莎蓑梭婆摩魔讹坡颇俄哦呵么涡窝伽迦磋跎番蹉搓驮萝锅倭嵯锣

【下平六麻】麻花霞家茶华沙车牙蛇瓜斜邪芽嘉瑕纱鸦遮叉葩奢楂琶衙赊涯夸巴加耶嗟遐笳差蟆茄拃呀枷哑娲爬杷蜗爷芭鲨珈骅洼袈丫葭裟些杈痂椰笆划

【下平七阳】阳扬杨亡方王央床香乡光昌堂章张房芳长塘妆常凉霜藏场泱鸯秧狼浆舫梁娘庄黄仓皇装肪殃襄骧相湘厢创忘芒望偿樯枪坊囊郎唐狂强肠康冈苍匡荒遑行妨棠翔良航倡伥羌姜僵缰疆粮穰将墙桑刚祥详洋伴徉梁量羊伤汤樟彰漳獐猖商防筐煌隍凰徨蝗惶璜榔廊浪沧纲吭钢盲潢簧忙茫傍旁汪臧琅当裳昂疡锵汤镗杭邙湟滂溏襁攘跄瓤抢螳跟眶铛蒋殃蔷镶孀搪胱

【下平八庚】庚更羹横觥彭棚亨英瑛烹平评抨枰京惊荆明盟鸣荣莹兵兄卿生甥笙牲擎鲸黥迎行衡耕萌氓甍宏茎莺樱泓橙争筝清情晴精睛菁晶旌盈棖瀛嬴赢营婴缨贞成盛城诚呈程声征正钲轻名令并倾紫琼赓撑瞠峥勍猩蘅铿嵘丁璎鹦铮琤砰怦绷轰訇蜻桢侦狞坪

【下平九青】青经泾形刑邢型亭庭廷霆蜓停宁丁钉仃馨星腥醒惺偋娉灵棂蛉龄铃苓零玲翎聆听厅汀冥溟铭瓶屏萍荧萤荣暝婷

【下平十蒸】蒸烝承丞惩澄陵凌绫菱冰膺鹰应蝇绳渑乘升胜兴凭仍兢矜征凝称登灯僧崩增曾憎层能朋鹏弘肱薨

腾藤恒崚姮

【下平十一尤】尤邮优忧流留榴刘由油游猷悠攸牛修脩羞秋周州洲舟酬仇柔俦畴筹稠丘抽遒收鸠搜愁休囚求裘浮谋牟眸俘矛侯猴喉讴瓯鸥瓯楼娄陬偷头投钩沟幽虬疣绸遛浏瘤犹啾酋售蹂揉叟邹咻泅邱球逑蜉欧搂抠髅嵝兜勾篝缪诹骰

【下平十二侵】侵寻浔林霖临针箴斟碪沈深淫心琴禽擒钦衾吟今襟金音阴岑琳琛椹谌忱壬任纴歆禁喑森参涔芩淋

【下平十三覃】覃潭谭昙参南男谙庵含涵函岚蚕探贪耽眈湛龛堪谈甘三篮酣柑蓝担郯泔邯蚶憨馣淦婪

【下平十四盐】盐檐廉帘嫌严占髯谦缣纤签瞻蟾炎添兼沾尖阎镰潜黏淹甜詹恬拈觇佥苫砭钳铦蒹铃渐歼黔

【下平十五咸】咸函缄谗衔岩帆衫杉监凡馋巉喃嵌芟掺搀

上声（二十九韵）

【上声一董】董动孔总笼汞桶蠓空偬懂蓊拢唪洞懂

【上声二肿】肿种踵宠陇垄拥壅冗茸重冢奉捧勇涌蛹甬俑恐拱珙栱巩竦悚耸

【上声三讲】讲港棒蚌项耩

【上声四纸】纸只咫是枳砥抵氏靡彼毁委诡傀累髓妓绮此蕊徙尔迩弭庳侈弛豕紫捶揣企旨指视美否几兕姊匕比

妣轨水唯止市恃徵喜己纪跪技鄙麂辠宄子梓矢屎雉死履垒
诔癸趾芷沚以已苡姒耜巳祀史使驶耳里理李俚鲤起杞士
仕秭俟始峙痔齿矣峎拟耻滓蚁玺逦哆舐秕痞坻旎址悝娌跬
倚被你伎

【上声五尾】尾鬼苇卉几伟韪炜斐诽菲椲匪蜚玮岂

【上声六语】语圄圉御龉吕侣旅苎抒宁杼伫与予渚煮
汝茹暑鼠黍杵处贮醑女许拒距炬苣钜所楚础阻俎沮举叙序
绪屿墅巨讵去

【上声七麌】麌雨羽禹宇舞父府鼓虎古股贾蛊土吐谱
圃庚户树麈琥怙卤努肚组构辅乳弩补鲁睹腐数竖簿姥普拊
侮五虎斧聚午伍釜缕部柱矩武脯苦取抚浦主杜祖堵愈扈虏
甫腑俯怃估诂牯怒诩栩拄浒炷鹉赌伛偻莽

【上声八荠】荠礼体米启醴陛洗底诋抵坻弟悌娣涕递
济澧髀祢眯醍

【上声九蟹】蟹解澥獬楷骇买奶摆拐矮

【上声十贿】贿悔改采彩海在罪宰载铠恺待怠殆倍猥
蕾儡腿蓓璀每亥乃

【上声十一轸】轸敏允引尹尽忍笋准盾闵悯隼泯菌蚓
诊畛疹晒肾牝朕窘殣陨殒蠢紧缜纯吮矧

【上声十二吻】吻粉蕴愤隐谨近悃忿槿刎

【上声十三阮】阮远本晚苑返反阪损饭偃稳衮遁蹇婉
蜿琬宛捆壶鲧悃很垦畚阃盾绻鼹混沌娩

【上声十四旱】旱管暖琯满短馆缓盥碗款懒卵伞散伴

诞罕浣缵断侃算但脘坦祖秆悍纂

【上声十五潸】潸眼简版板盏产限撰栈绾赧柬楝莞

【上声十六铣】铣善遣浅典转衍犬选冕辇免展茧辩辨纂勉剪卷显饯践眄喘藓蹇演岘栈舛扁阐兖腆鲜辫件捻琏缅腼涵键钱辗洗匾浘缱

【上声十七篠】篠小表鸟了晓少扰绕娆绍杪秒沼矫蓼皎瞭窈袅窕杳肇挑掉缥眇渺藐殍悄缭夭燎赵兆

【上声十八巧】巧饱卯茆昂狡爪鲍挠搅绞拗茑咬佼姣炒铰

【上声十九皓】皓宝藻早枣老好道稻造脑恼岛捣倒祷抱讨考燥扫嫂稿槁潦獠保葆堡褓鸨草皂昊浩颢镐袄缫蚤澡杲灏媪缟瑙

【上声二十哿】哿火舸柁我娜荷可坷轲左果裹朵锁琐垛堕惰妥坐裸跛簸颇叵祸伙颗那卵

【上声二十一马】马下者野雅瓦寡社写泻夏冶也把贾假瑕舍赭厦惹若姐哑且

【上声二十二养】养痒鞅泱像象橡仰朗奖浆敞昶氅枉颡强沆惘放仿两帑倘杖响掌党想榜爽广享丈仗幌晃莽襁纺蒋攘魍魉长上纲荡壤赏往罔辋蟒抢慌厂慷

【上声二十三梗】梗影井岭领境警请屏饼永儆骋逞景颖颍顷整静省幸颈郢猛炳杏丙打哽绠秉鲠耿憬荇皿矿冷靖

【上声二十四迥】迥炯茗挺梃艇铤酊醒溟并等鼎顶泂肯拯酩

附 录 323

【上声二十五有】有酒首手口母后柳友妇斗狗久灸负厚叟走守绶右否受偶耦膔阜九咎薮吼帚垢亩舅纽藕朽臼肘韭剖诱牡缶酉扣笱瓿黝莠丑苟糗某玖纣纠陡绺篓殴

【上声二十六寝】寝饮锦品枕审甚廪任稔禀沈凛懔噤谂朕荏恁婶

【上声二十七感】感览揽槛胆澹啖坎惨敢颔糁撼毯喊

【上声二十八琰】琰焰敛险俭检脸染掩点贬冉苒陕谄奄渐玷忝剡芡闪歉慊崭俨

【上声二十九豏】豏槛范减舰犯湛斩黯掺阚滥

去声（三十韵）

【去声一送】送梦凤洞众瓮弄贡冻痛栋仲中讽恸空控恫赣奼哄粽

【去声二宋】宋重用颂诵统纵讼种综俸共供从缝雍

【去声三绛】绛降巷撞虹淙哄幢漴艟

【去声四寘】寘置事地意志治思泪吏赐字义利器位戏至次累伪寺瑞智记异致备肆翠骑使试类弃饵媚鼻易誉坠醉议翅避帜悴侍谊帅厕寄睡忌贰萃穗二帔臂嗣吹遂恣四骥季刺驷泗谥识寐魅邃燧隧植炽织饲食积被懿悸冀暨愧匮馈赘蒉恚比庇畀泌秘赘挚渍稚迟祟豉珥示伺嗜自莅痢莉轻譬肄惴怼缢疐企为贳腻施遗槌诒值屣岿瘈睚司逶陂

【去声五未】未味气贵费沸尉畏慰蔚魏纬胃渭汇谓讳卉毅既暨衣饩芾翡

【去声六御】御处去虑誉署据驭曙助絮著豫翥箸恕与遽疏预庶诅倨茹语踞锯沮洳溆饫淤觑如椐讵嘘悇

【去声七遇】遇路辂潞赂璐鹭露树度渡赋布步固痼锢素具数怒务雾骛鹜附兔故雇顾句墓暮慕募注澍驻裕误寤悟晤住戍库护屦诉蠹妒惧趣娶铸绔傅付谕妪芋捕哺喻忤厝措错醋赴恶互孺怖煦寓瓠输吐铺屦嗉塑捂瞿驱讣菟婺酗雨镀庌驸

【去声八霁】霁制计势世丽岁卫济第艺惠慧币砌滞际厉涕契弊毙蔽敝髻锐戾裔袂系祭隶闭逝缀翳替细桂税婿例励脆噬蒂誓筮蕙偈诣砺继谛睿剂曳睇憩彗睨逮芮蓟妻挤弟蛎嚏递疠蹶齐棣说离荔泥赘俪唳濞摖羿谜缔

【去声九泰】泰会带外盖大濑赖籁蔡害最贝藹霭沛艾兑奈绘桧脍侩荟太汰癞籾濡蜕酹

【去声十卦】卦挂懈廨隘卖画派债怪坏诫戒界介芥械拜快迈话败稗晒届疥薤湃聩氽杀夬哙喝喝解祭蒯蒉价喟寨

【去声十一队】队内塞爱辈佩代退载碎态背秽菜对废海晦昧碍戴贷配妹喙溃黛吠概逮岱暧肺溉未慨忾块碓赛耐悖淬敦愦铠焙在再孛玳睐俫采霈

【去声十二震】震信印进润阵镇填刃顺慎鬓晋骏闰峻衅振俊舜吝烬讯仞殡傧迅瞬谆荩觐觐蔺徇殉赈摈仅认衬瑾趁龀韧浚磷躏缙

【去声十三问】问闻运晕韵训粪奋忿酝郡分紊汶愤愠靳近郓蕴

【去声十四愿】愿论怨恨万饭献健寸困顿建宪劝蔓券钝闷逊嫩贩远曼巽艮

【去声十五翰】翰岸汉难断乱叹干观散畔旦玩烂贯半案按炭汗赞漫冠灌窜幔粲灿璨换焕唤悍捍弹悼段看判叛腕涣绊惋鹳钻缦锻瀚谰蒜裸澜盥

【去声十六谏】谏患雁涧间宦晏慢谩办盼孱栈赝惯串苋绽幻丱讪绾汕疝瓣篡铲羼扮襻

【去声十七霰】霰殿面县变箭战扇煽膳传见现砚院练炼燕宴贱电馔荐绢彦掾甸便眷线倦羡堰奠遍恋眩钏倩卞汴弁拚咽片禅谴绚谚缘颤擅媛佃钿淀缮鄯狷煎旋漩喭茜溅嬗眄炫善遣研瑱转饯卷

【去声十八啸】啸笑照庙窍妙诏召劭邵要曜耀调钓吊叫燎峤少徼眺峭诮料肖尿剽掉鹞窠轿烧漂票绕醮哨

【去声十九效】效教貌校孝闹豹爆罩窖酵稍乐炮较钞笊棹觉

【去声二十号】号帽报导盗操噪灶奥告诰暴好到蹈劳耄耗躁涝造冒悼倒傲瑁懊膏犒郜祷套靠糙

【去声二十一箇】箇（个）贺佐做逻坷轲驮大饿奈那些过和挫课唾播簸锉磨糯座坐破卧货左惰

【去声二十二祃】祃驾夜下谢榭罢夏暇霸嫁赦借藉炙蔗假化舍价射稼骂架诈亚娅罅跨麝咤怕讶诧蜡胯柘迓泻靶乍桦杷

【去声二十三漾】漾上望相将状帐浪唱让旷壮放向仗

畅量葬匠障谤尚涨饷样藏访酱嶂抗当亢酿况脏瘴王圹邺谅亮妄怆丧怅圹宕伉忘傍恙吭炀汤炕诳桁徬妨旺荡潢怏

【去声二十四敬】敬命正令政性镜盛行圣咏姓庆映病柄郑劲竞净竟孟迸聘诤泳倩硬靓晟更横

【去声二十五径】径定听胜磬应乘赠称罄邓甑胫证孕兴经宁锭钉暝剩凭凝凳镫磴蹬

【去声二十六宥】宥候堠就授售寿秀绣宿富奏兽斗漏陋狩昼寇蔻茂懋旧胄宙袖岫柚覆复救厩臭幼佑祐右侑囿豆饾窦逗溜留构遘媾觏购透瘦漱咒镂贸鹫副诟究凑谬缪疚够畜枢骤首皱绉袤貅僽瘶沤媵又馏诟扣读

【去声二十七沁】沁饮禁任荫谶浸鸩枕衽赁临渗喑椹闯妊噤深甚

【去声二十八勘】勘暗滥唅担憾缆瞰绀三暂参澹赣啥淡錾淦探

【去声二十九艳】艳剑念验赡店占敛厌滟焰潋垫欠酽僭砭餍验苫

【去声三十陷】陷鉴监泛梵帆忏蘸站赚

入声（十七韵）

【入声一屋】屋木竹目服福禄熟谷肉族鹿腹菊陆轴逐牧伏宿腺㹀渎黩复粥肃育六缩哭幅斛戮仆畜蓄叔淑菽独卜馥沐速祝麓蹙筑穆睦覆秃扑鹜辐瀑竺簇曝掬鞠郁矗蓿塾蹴谡碌毓蝠辘夙蝮匐霂蓼苜孰

【入声二沃】沃俗玉足曲粟烛属录辱狱绿毒局欲束鹄蜀促触续督赎笃浴酷缛瞩躅褥旭梏袄告

【入声三觉】觉角桷珏攉榷岳乐捉朔数斵卓涿啄倬琢剥驳雹扑璞朴壳浊确擢濯镯喔幄握药荦学

【入声四质】质日笔出室实疾术一乙壹吉秩密率律逸佚失漆栗毕恤蜜橘溢瑟膝匹述黜弼七叱卒虱悉谧轶诘戌佶柿昵窒必佖泌秩蟀嫉篥唧鹬笔怵帅聿郅桎蟋宓溧

【入声五物】物佛拂屈郁乞掘讫吃弗诎崛勿绂厥仡迄不屹倔

【入声六月】月骨发阙越谒没伐罚卒竭窟笏钺歇突忽勃蹶鹘筏厥蕨掘阀讷殁粤兀碣猝羯咄惚凸袜渤滑孛纥核馞撅曰讦

【入声七曷】曷达末阔活钵脱夺褐割沫葛渴闼拨豁括䶀抹秣遏蝎挞萨掇喝跋獭撮剌泼斡

【入声八黠】黠札拔猾鹘八察杀刹轧辖戛揠瞎獭刮帕刷滑

【入声九屑】屑节雪绝列烈结穴说血舌洁别缺裂热决铁灭折拙切悦辙诀泄咽噎杰彻哲鳖设啮劣碣挈谲截窃阅饕瞥耋抉挈冽蹩亵呓苶契涅颉撷撤蔑篾浙澈蛭揭孑糵薛啜桀辍迭呐冽桔拽

【入声十药】药薄恶略作乐落阁鹤爵嚼弱约雀幕洛壑索郭错跃若缚托酌铎灼凿却络鹊度诺萼橐漠钥著虐掠获泊搏籥鄂杓勺博酪谑绰霍烁镬莫铄缴谔亳恪箔攫骆

涸鹗拓膜鳄昨怍酢柞寞髆嗥貉烙噩泽矍各芍踱

【入声十一陌】陌石客白泽伯迹宅席策碧籍格帛璧驿麦额柏魄积脉夕液尺册隙逆画百赤易革脊获屐适帻剧隔厄益栅窄核掷责惜僻癖辟掖腋释舶拍择摘绎斥奕弈迫疫译昔瘠赫炙谪虩硕螫翟亦鬲骼只珀膈踯蜴埸汐帼掴蝈

【入声十二锡】锡壁历枥击绩笛敌滴镝檄激寂翟觋逖籴析晳溺觅狄荻幂鹢戚慽涤的霹吃沥雳惕踢剔砾栎嫡迪郦淅蜥俐泪

【入声十三职】职国德食蚀色力翼墨极息直得北黑侧饰贼刻则塞式轼域殖植敕饬棘惑默织匿亿臆忆特勒劾仄昃稷识逼克剋即拭弋陟测翊抑恻肋亟忒熄穑啬鲫或愎翌薏

【入声十四缉】缉辑戢立集邑急入泣湿习给十拾什袭及级涩粒揖汁笈蛰笠执汲吸岌茸翕噏隰熠浥挹悒

【入声十五合】合塔答纳榻杂腊蜡匝阖衲蛤沓鸽踏飒拉搭溘嗑

【入声十六叶】叶帖贴牒接猎妾蝶叠箧涉捷睫颊楫摄谍堞协浃荚晔魇慊靥镊屟侠挟铗折喋燮辄婕聂

【入声十七洽】洽狭峡法甲业邺匣压鸭乏怯劫胁插歃押狎夹恰眨呷郏钾

四、对联常用领字

领字,即词、曲和对联中,在句前起统领作用的字。对联领字是词、曲领字的发展,其平仄要求一般不严。领字多用动词或偏正结构词组。下面是对联创作中常用的领字。

一字领

彼	并	不	怅	待	但	读	对	方	更	还	渐
将	嗟	尽	看	况	览	料	莫	奈	念	怕	凭
且	任	似	试	溯	算	虽	叹	听	望	问	喜
想	须	应	犹	怎	乍	真	正	只	总		

二字领

安得	便是	不妨	不觉	不堪	不是	不忘	此日
但看	但愿	当年	敢向	更兼	还将	还须	何必
何不	何况	何须	恍如	即此	记得	居然	看来
况是	漫道	莫把	莫道	莫非	莫忘	哪堪	哪怕
岂料	岂惟	且把	切莫	却将	却是	却忆	如此
若是	尚待	试看	试问	未必	未闻	未省	无怪
休辞	休将	休说	须念	须知	也算	依旧	已是
犹觉	又是	云是	只将	只期	只是	只须	只要

只余　自愧　自然　自思　总合　纵使

三字领

安排着	便怎地	才觉得	才领得	待他年	倒不如
都付与	都幻作	放眼看	更何须	更能消	更忆及
更有些	还须要	好领取	何须问	回溯那	皆因为
尽收归	禁不住	君不见	看不尽	看今日	看破那
可直作	况更有	流不尽	莫辜负	哪管他	且看那
且任我	且探寻	切莫要	请看那	全不念	赏不尽
谁管它	说什么	听几番	望不断	唯此地	未曾闻
未能忘	无非是	无怪乎	消受得	写不尽	休论他
休忘却	焉能免	要争着	忆几番	应有些	犹记得
犹剩得	犹想见	有多少	又还是	又何必	又何妨
又谁料	又谁知	又添得	再休管	再休说	再休提
怎抛却	怎识得	怎脱去	正有待	只不过	只留得
只落得	只剩得	只赢得	最好是	最堪怜	最可怜
最妙处	最难得	最难忘	最无端		